I0646953

LES NOUVEAUX

ROMANS DE PARIS

PAR

BENJAMIN GASTINEAU

Chez les Photographes
Les Femmes ont-elles raison ? — Dans un Théâtre de Paris.
Le Masque de la civilisation
Sœur Anna la Carmelite. — Les Amours pauvres
Le Rêve d'un Parisien
La Maison de Paris — Les desesperes de Paris.
Ci-gît Paris. — Tableau de l'Exposition universelle de Paris.
Le Chemin de la fortune

PARIS

E. DENTU, ÉDITEUR

LIBRAIRE DE LA SOCIETE DES GENS DE LETTRES
Palais Royal, 17 et 19, galerie d'Orléans

LES NOUVEAUX

ROMANS DE PARIS

LES NOUVEAUX

ROMANS DE PARIS

PAR

BENJAMIN GASTINEAU

Chez les photographes
Les femmes ont-elles raison? — Dans un theatre de Paris
Le masque de la civilisation
Sœur Anna la Carmelite — Les amours pauvres
Le rêve d'un Parisien
La maison de Paris — Les desesperes de Paris
Ci-gît Paris — Tableau de l'Exposition universelle de Paris
Le chemin de la fortune

PARIS

E. DENTU, LIBRAIRE-ÉDITEUR

PALAIS-ROYAL, 17 ET 19, GALERIE D'ORLÉANS

1868

INTRODUCTION

Paris, la patrie naturelle du roman, a fourni
les plus beaux et les plus curieux types à cette
école fondée par Balzac, parce qu'elle a osé descendre des sphères célestes sur la terre et regarder en face l'homme social avec toutes ses
verrues, avec toutes ses hideurs, la femme avec
toutes ses faiblesses, tous ses coquets manéges.

C'est à Paris que Balzac a trouvé Vautrin, le
type des grandes énergies détóurnées de leurs
voies et lancées à fond de train dans le mal;
Mercadet, le faiseur, l'agioteur, le boursier;

1

Balthazar Claes, l'alchimiste, qui ruine sa famille pour avoir le secret de l'or et des millions ; Louis Lambert, ravagé par le travail mystérieux de la pensée ; Birotteau, le commerçant toujours obéré; le père Goriot, dévoré par ses filles; Gobseck, cette sublime personnification de l'u-sure au dix-neuvième siècle ; les héros blasés et spleenétiques de la *Peau de chagrin*, Rastignac, l'élégant foudroyé ; Esther, la femme sangsue ; le fastueux banquier Nucingen, les personnages des *Parents pauvres, e tutti quanti.*

C'est à Paris, ayant ses modèles devant les yeux, qu'Eugène Sue a découvert Rodin, Fleur-de-Marie, Pipelet, le Chourineur, la Chouette, et notre grand poete Victor Hugo le Claude Frollo, le Quasimodo et la Esmeralda de *Notre-Dame, de Paris*, Jean Valjean, Marius, Gavroche, le ga-min de Paris, surgi vivant du pavé !

Comment Paris ne serait-il pas la patrie du roman, lorsque chacun l'aborde l'âme remplie d'illusions et de folle espérance, lorsque de tous les points de la France et de l Europe, les ambitions, les appétits, les désirs effrénés, les grandes passions viennent y prendre leur essor et y brûler leurs ailes?

Si vous voulez lire la première page des petits romans de Paris, donnez-vous le spectacle d'une arrivée en gare, soit au chemin de fer d'Orléans, soit au Midi, soit au Nord. A chaque heure du jour, sortent des wagons, empressés et radieux, des individus des deux sexes qui, munis du léger bagage du talent, de la beauté et de l'espérance, viennent tenter la fortune dans la capitale ; autant de proies pour Paris !

Suivez l'odyssée de ces génies en herbe et de ces beautés aux appas naissants, et vous apprendrez bientôt que le génie acheté par quelque juif ou quelque capitaliste s'ést fait l'humble vassal de gens tarés, le serviteur de misérables spéculations, et que la beauté, d'abord entretenue à

grands frais et à huit ressorts, arpente maintenant le boulevard avec un visage maquillé et des
jupons bruyants comme la queue d'un serpent à
sonnettes.

Ce n'est pas sans lutte que ce jouvenceau et
cette jouvencelle de la province débarqués à la
gare de Paris se sont rendus. Ils avaient cru
que le mérite, que la bonne volonté, que la vertu,
que la jeunesse avaient des chances dans l'arène
parisienne. Mais le mérite et la vertu sont frères
de la misère dans la cité où tout s'achète et se
falsifie, et il a fallu se vendre pour partager les
ivresses du Paris civilisé ; il a fallu passer au la-
minoir de cette grande machine à broyer des
consciences et des pudeurs, à frapper à la même
effigie, celle de la pièce d'or, médailles et caractères ! Refusez le tribut de chair et de sang au
Moloch qui demande sa contribution, résistez au
torrent, et vous serez emporté par le courant ;
athlète ridicule, vous irez mourir d'épuisement

dans quelque hôpital, ou vous chargerez le suicide de porter votre cadavre sur les dalles froides de la Morgue. Ce courage n'est pas donné à
tout le monde. On est mieux assis dans le boudoir que sur le zinc de la Morgue, et la couche
de la femme à la mode est plus voluptueuse que
les draps grossiers du lit d'hôpital.

Paris n'est si intéressant que parce que tout y
est drame, progression de félicité ou de misère.
En province, l'existence est assise sur des certi-
tudes et sur des conventions ; elle glisse paisi-
blement et obscurément sur le rail de la coutume et du préjugé ; à Paris, elle est livrée à la
vague éternelle du mouvement, aux hasards de
la tempête et de la panne, des petits enfers et des
Champs-Elysées, aux petits romans de l'intri-
gue, de la faveur, de la fortune et de la misère. Levons donc la toile sur nos romans et nos
tableaux de Paris. Ensuite, nous voyagerons en
province:

CHEZ LES PHOTOGRAPHES

CHEZ LES PHOTOGRAPHES

J'ai frequente les photographies parisiennes et m'en suis bien trouve, au point de vue de mon edification personnelle.

Les scènes dont j'ai eté temoin m'ont bien enleve quelques légères illusions, mais il en reste toujours assez a l'homme pour le perdre

La comédie humaine se joue, la vanite se donne en spectacle, comme nulle part ailleurs, dans ces établissements qui multiplient a l'infini les pretentieuses images de nos generations etiolees de petits crevés et de jolies crevettes.

Les femmes obeissent à un irrésistible penchant c'est

1

de vouloir paraître plus belles et plus jeunes qu'elles ne
le sont réellement

— Surtout, ne m'enlaidissez ni ne me vieillissez, disent-
elles à l'opérateur.

Toutes se trouvent affreuses quand on leur présente
leur épreuve sortant de l'eau, comme la Vérité du puits
traditionnel

— Oh ! Dieu ! l'horreur ! s'écrient-elles l'une après
l'autre, je suis effrayante à voir. Quel air disgracieux !
quelle grimace ! Il n'est pas possible ! Je ne suis pas aussi
mal et aussi vieille que ça, monsieur l'opérateur !

L'employé interpelle réplique avec quelque embarras
que madame se juge trop sévèrement, que la physionomie
est un peu flou, mais que les yeux sont bien ouverts, que
le cou de cygne est bien dégagé, que le buste se
présente avec fermeté et pyramide à merveille — D'ailleurs, ajoute-t-il, si madame veut poser dans une autre
toilette, elle jugera de l'effet

Madame revient poser dix fois, toujours en nouvelle
toilette, par tous les temps clairs et pommelés, mais elle
se trouve toujours aussi désagréable.

— Il est vrai, madame, dit de guerre lasse le malheureux employé, forcé de *changer* sa profession, la photographie est un art brutal qui violente la délicate beauté
des femmes

— Ah ! vous l'avouez !

— Il le faut bien, madame Mais il y a remède a tout en ce monde Par la retouche, nous faisons disparaitre la rudesse de l'empreinte, les scories de la peau, les taches du visage, les imperfections du derme et, avec un leger coloriage, nous obtenons de veritables miniatures

— Que ne le disiez-vous plus tôt? Retouchez-moi

Madame est retouchee, de plus, on la passe à un léger coloriage. Bref, on en fait une beaute parfaite, et, cette fois, elle se trouve ressemblante

Voila le tour et les petits mystères de la photographie. Vous avez vu souvent, dans les albums, des dames artistement embellies, et vous avez cherche a deviner le secret de ces miraculeuses epreuves Eh bien! ce sont des femmes repeintes et retouchees

Chaque photographie ayant pour employées trois ou quatre retoucheuses jugez de la verite des portraits.

Quoi qu'il en soit, les femmes sont charmantes Mais ce n'est pas de leur faute si elles ne réussissent pas a s'enlaidir, en gâtant les charmes que la nature leur a prodigues sans retouche, et qu'elles devraient bien ni retoucher ni maquiller

Quant aux hommes, c'est une autre paire de manches Les generaux et les colonels cherchent a se donner un air

vainqueur, les hommes de lettres et les poètes un air
inspiré, les médecins un air docte, les fonctionnaires un
air homme d'Etat, les magistrats un air respectable, les
boursiers un air heureux, les comédiens un air excentrique, les cocottes un air ingénu, les gandins un air
spirituel, les faux bonshommes un air paterne.

Tous comédiens, tous poseurs, mes braves compatriotes,
que je ne critique que parce que je les aime réellement!

Ils sont partout sur un théâtre! Napoléon, qui les connaissait si bien et qui s'est si supérieurement joué d'eux,
les exalta en leur disant que quarante siècles les contem-
plaient au milieu des déserts de la triste campagne
d'Egypte.

Aussi bien que Napoléon, les photographes connaissent
les hommes; seulement, au lieu d'en faire de la chair à
canon, ils en font de la chair à portraits. Il y a progrès, ce
sont de puissants créateurs de formes ils savent éclairer
et faire saillir les physionomies par d'ingénieux petits
moyens que je vais vous indiquer

Ont-ils affaire à un militaire, ils lui parleront de batailles et de victoires; ils lui rappellent ses grands
jours.

— Ah! tonnerre, oui, c'était chaud! réplique d'une
voix sonore le militaire flatté. J'ai eu tous mes camarades
tués ou blessés autour de moi, je ne sais pas comment ça

s'est manigance, j'aurais dû obtenir de l'avancement pour avoir ete si miraculeusement preserve, et je n'ai rien eu.

— Ni blessures, ni avancement, capitaine. L'injustice est au camp comme a la ville

— Ne m'en parlez pas Desormais il faudra être tue pour avancer, ma parole d'honneur ! D'ailleurs, avec le fusil a aiguille, le soldat n'existera qu'a l'etat de cible, et comme la moitie des regiments sera couchee par terre, on sera bien force de decorer les morts.

S'agit-il d'un peintre, d'un poete, d'un artiste quelconque, le photographe lui parlera avec enthousiasme de son dernier livre, de son dernier tableau, de son dernier opéra, de son dernier chef-d'œuvre.

— Quelle œuvre puissamment patinee et soufflee, mon cher monsieur ! — Quel salon, quelle statue de Pygmalion ! — Quelle comédie de Beaumarchais ! — Comme vous êtes entre dans la peau du bonhomme ! — Quelle plaidoirie ! Quel succes a desespérer tous les envieux, tous les petits camarades ! Il n'est plus question que de vous dans les gazettes Vous tenez la corde.

— Et soyez sûr que je ne la lacherai pas pour faire plaisir aux bons petits camarades.

Si un democrate est en train de poser, le photographe l'anime en lui montrant les portraits de Garibaldi, de Victor Hugo, de Barbes, de Louis Blanc ; si c'est un aris-

tocrate, il exhibe les épreuves des familles impériales et
royales de l'Europe sur papier de Chine

Mais c'est avec les dames que le photographe déploie
toutes ses coquetteries les plus raffinées.

D'abord il leur montre les photographies retouchées des
beautés parisiennes en renom, et il leur promet un portrait supérieur *à celui-là*

Tout en passant madame à la poudre de riz, en lui ma-
quillant savamment le visage, en lui refaisant une physionomie, en lui arrondissant les bras et la poitrine, en lui
posant les mains, en la priant de lever les yeux au ciel,
attitude angélique qui lui sied à merveille, il lui parle du
dernier roman à la mode, de Sand, d'About ou de Flau-
bert, il s'enthousiasme pour l'héroïne si amoureusement
peinte par George Sand ou Feuillet, il plaide chaudement
la cause de l'Eternel féminin dont l'idéal et les aspirations
sont toujours sacrifiés dans des unions prosaïques et bru-
tales..

La dame, en train de poser, est à la fois électrisée par
les passes magnétiques du photographe dont les mains
chiffonnent délicatement sa robe pour la mettre au point,
et charmée par cette conversation à sensations qui remue
tous ses souvenirs en lui rappelant les plus belles heures
de sa vie, elle s'exalte, s'impressionne, s'attendrit, et,
lorsqu'elle a l'expression extatique, l'air *amoureux* que le

photographe désniait, il s'ecrie d'une voix de stentor·

— Ne bougeons plus, madame, je vous en supplie!

Ce qui me plaît chez les photographes, c'est qu'ils ne pensent pas un traître mot de ce qu'ils disent. Leur blague a un but tout esthetique. A cette faconde creatrice, les clients *croient que c'est arrive*, et l'opérateur voit passer sur leurs physionomies le feu, l'eclat des heroismes, des passions, du talent, du genie qu'ils auraient pu avoir, mais qu'ils n'ont jamais eus, la fougue des batailles qu'ils auraient pu gagner, mais qu'ils n'ont jamais livrees.

Toutes les femmes se croient belles ou interessantes, tous les hommes forts, spirituels, superieurs, parfaits Voila pourquoi ils posent si bien devant le photographe. La pose, c'est l'ecart entre le rêve et la vie, entre la pretention et la realité, entre la nature et la civilisation.

A Paris comme en province, cet écart est enorme.

Abîme sans fond, insondable, incommensurable, que ne combleront ni les âges, ni les civilisations car la vanite, synonyme de pose, est le fond de l'homme et de la femme, dit l'*Eclesiaste*.

LES FEMMES ONT-ELLES RAISON?

LES FEMMES ONT-ELLES RAISON?

Depuis une longue suite de siècles on fait le procès à la coquetterie et à la versatilité féminines; on a imprimé des milliers de volumes et d'articles de journaux contre les femmes, sans qu'elles s'en portent plus mal et qu'elles se soient amendées. Peut-être ne serait-il pas trop tôt de savoir si elles ont tort ou raison, la seule chose intéressante dont les contempteurs ne se soient jamais avisés ni inquiétés.

Eve, qui n'est pas la plus simple des deux sexes, ne cherche et n'a toujours cherché qu'a plaire a son Adam, quelquefois a plusieurs, depuis sa sortie du paradis terrestre, ce qui ne serait pas arrivé si Jehovah ne l'en avait pas imprudemment chassée.

Pour distraire et charmer cette moitie si balourde, si gauche, si infatuee d'elle-meme, si ennuyeuse et si ennuyee, ce candidat perpétuel à la sottise serieuse, pour lui faire manger gaiement du fruit defendu, elle s'est accommodee a toutes les sauces, elle s'est agrementee de toutes manières

Elle a adopté complaisamment toutes les opinions, toutes les religions, toutes les superstitions, toutes les aberrations, toutes les croyances, toutes les politiques masculines

Elle a pris tous les deguisements, toutes les robes, tantôt les faisant monter pudiquement jusqu'au col, tantôt les decoupant effrontement jusqu'au-dessous de la gorge, comme sous le premier Empire.

Elle a mis à contribution la soierie, la lingerie, la bijouterie, l'orfevierie, la passementerie, la quincaillerie, la parfumerie, pour plaire au vilain sexe, pour s'adapter a ses goûts, semblable a la profession de foi d'un candidat promettant aux électeurs heroisme, devouement, desintéressement, chemins vicinaux, embranchement de chemin de fei, et tenant ses promesses   jusqu'a ce qu'il soit nomme

Si la femme a ete coquette et cameleonne comme la mode, si elle a souvent varie, si elle s'est tatouee, maquillee et composee, si elle a change mille fois de robes, de chapeaux, de, ceintures, de coiffures, si elle a multiplie ses sourires, elargi son cœur et banalise son esprit de manière a séduire M Tout le monde, a qui la faute, sinon a l'element masculin, qui a desiré ces variations coquettes, ce ragoût piquant, ce bariolage de toilette, ce faisandage de boudoir, pour relever son goût blasé et ses passions rachitiques ?

Soyez persuade qu'elle montrera la même deférence vis-à-vis de son homme, la même complaisance docile, le jour ou il lui plaira enfin de lui demander d'autres enthousiasmes que ceux de la parure et du colifichet, d'autres devotions que celles de l'eglise, d'autres adorations que saint Ignace et saint Pancrace, une autre harmonie de ménage que celle du piano, et d'autres connaissances litteraires et artistiques que celles du couvent, car la femme est capable de tout!

D'héroisme, comme Jeanne d'Arc, — de fidelite, comme Penelope; — de lyrisme, comme Corinne et Sapho, — de science, comme Hypathie d'Alexandrie, — de sacrifice claustral, comme Heloise, — de genie et de devouement maternel, comme Madame de Sevigné; — de sentiments belliqueux, comme la duchesse de Longueville, — d'esprit et de hauteur d'âme, comme les femmes du dix-huitième siècle, — d'enthousiasme de la liberte, comme Madame Roland, — de debauche, comme Lais et Ninon de Lenclos, — d'outrecuidance et d'infidélité, comme cette duchesse du temps de Louis XIV qui, surprise par son mari dans une position non equivoque, lui dit vertement

— Quand je n'ai pas mon ecuyer, je prends le bras de mon laquais !

Evidemment, le bras est ici une figure de rhétorique, une elégante metaphore de duchesse.

—Voyons, messieurs, que vous faut-il? Nous avons à votre service de la vertu, du talent, du devouement, des arts d'agrement, de l'esprit et du cœur.

Tel est le langage qui, nous le savons pertinemment, a éte tenu par beaucoup de femmes a leurs epoux acephales Les uns sont restes muets de stupefaction, les autres ont repondu .

— Continuez à bien vous habiller, a sourire, a recevoir et à me faire valoir dans le monde, surtout n'oubliez pas de séduire le ministre !

C'est qu'en effet, pour mener le bal, il faut savoir jouer du stradivarius, pour developper les puissances feminines, il faut soi-meme avoir quelque puissance, avec un cœur sec et un cerveau meuble de sornettes, comment, sans ri-dicule, exiger du cœur ou de l'esprit d'une compagne qui pourrait avoir la curiosite de connaître le vôtre et serait tentee de vous dire malicieusement ou ingenument

— Exhibez-moi donc votre echantillon, S V P

Le cas serait embarrassant, je vous l'affirme, pour la

grande majorité des maris qui agissent sagement en ne
soulevant pas cette question scabieuse, en laissant coque-
ter et baguenauder leurs femmes à droite et à gauche　car
s'ils s'avisaient d'exiger d'elles des sentiments sérieux, un
caractère solide et une conduite réfléchie, ils entendraient '
resonner à leur oreille cette philippique d'une éloquence
toute féminine :

— En verité, les amants imbéciles, les maris fripons ou
nuls se gausseraient trop, seraient trop injustement heureux de posséder des femmes honnêtes, aimables, spiri-
tuelles, fidèles et économes !

« A vous de commencer, messieurs les épouseurs et les
épouses　Vous serez aimés, respectés, servis à souhait et
pris au sérieux　par vos femmes lorsque vous serez capa-
bles de ressentir et de communiquer les émotions délicieu-
ses que les grands cœurs contiennent. On aimera et on
pensera avec vous quand vous en serez dignes. Jusque-là,
on s'amusera et en toilettera

« Serfs de la vie publique et de la vie privée, aussi
longtemps que votre supériorité sur les autres bêtes rédui-
tes à la peau et au poil consistera à vous faire habiller
chez Dusautoy et Renard, à prendre des glaces chez Tor-
toni et des actions du Mexique, à remettre votre carte chez
Crésus et chez la danseuse, à monopoliser les affaires, à
jouer à la hausse à la Bourse et à la poule sur le turf, à

brillanter votre nullite et a faire claquer votre neant, tant
que vous rapportez dans vos intérieurs les corruptions
hideuses, les tyrannies laides et les sottises prodigieuses
qui vous asservissent au dehors, les femmes auront mille
fois raison de rester frivoles et de jouer la comédie, de se
maquiller le visage et de se faire un cœur, de mettre sur
leur dos les dentelles les plus cheres, les cachemires les
plus rares, et d'orner leur boudoir des dispendieuses merveilles du luxe

« Quand le fond est nul, il faut que la forme soit
eblouissante, quand pullulent au foyer les larves horribles
de l'ennui et de la nullite, les indigences morales, les in-
firmites de tout genre, le masque doit bien mentir et le
costume bien seduire. Et les femmes ont toujours eu le
culte du foyer, elles ont tenu constamment a faire honneur a la communaute, à orner l'epoux et a porter haut le
drapeau du menage »

Oui, les femmes ont raison. . quand même !

DANS UN THÉATRE DE PARIS

DANS UN THÉATRE DE PARIS

Un journaliste allemand de nos amis, Karl Brunner, ne sachant où passer sa soiree, entra un beau soir dans un theatie de Paris. Il eut le malheur de tomber sur un mélodrame qui inspirait des peurs effroyables aux bonnes gens Notre journaliste, par manière de distraction, regarda le ciel du théâtre. A ce moment, la tirade féroce du traître lui produisit un tel effet nerveux qu'il ne put s'empêcher de bailler.

— Vous vous ennuyez, monsieur, lui dit judicieusement l'individu qui etait a côté de lui

— C'est viai, monsieur, repondit Kail.

— Il paraît que le spectacle n'a pas grand attrait pour vous.

— Je l'avoue, repliqua Karl, et je vais vous en dire la raison. Notre theâtre ne s'est pas encore emparé de l'element populaire, il n'a pas pris la large inspiration de Shakespeare, il en est a l'habit et au paletot-sac Il est essentiellement bourgeois, et par consequent terne, monotone, endormant, passez-moi l'expression

— Puisque vous vous ennuyez comme moi a ecouter ce melodrame, vous plairait-il de voir le spectacle dans la salle?

— Très-volontiers, dit le journaliste.

— Regardez, aux premieres stalles, cette dame en robe de velours noir.

— Oh! le joli visage! dit aussitôt Karl, quelle fraicheur, quelle suavite de lignes! Cette vue repose un peu du visage du traître, laid à effrayer le diable en personne.

— Elle est bien belle, n'est-ce pas, monsieur? s'écria l'interlocuteur très-anime.

— Oui, repondit Karl. Elle a surtout cet avantage sur les autres dames qui l'entourent, que sa beaute est vigoureuse, et qu'elle n'est pas comme ces dames, apprêtee, empesee, tirée a quatre epingles, ce qui les fait ressembler a des gravures en taille-douce fraichement collées sur des pots de pommade

— Seriez-vous curieux, monsieur, de connaître l'histoire de sa vie?

— Je vous écoute, dit le journaliste, très-satisfait de trouver une distraction au mélodrame

— Elle se nomme Christine Covart. Fille d'un ancien banquier, elle a été élevée dans l'opulence Elle perdit son père à seize ans Sa mère seule fut chargée alors de la surveiller et de compléter son éducation. Vous pensez bien que la fille du banquier devint le point de mire d'une foule de gens. Entre tous, il y avait un jeune homme pauvre, orphelin, élevé par des protestants, qui l'aimait follement, comme on n'aime qu'une fois dans sa vie. Charles Devin se fit admettre chez Mme Covart, qui était loin de se douter qu'il aimât sa fille

Un beau jour, Charles et Christine se rencontrèrent au jardin La jeune fille venait de cueillir une rose, et, par pur caprice, s'amusait à l'effeuiller

— Oh ! je vous en prie, s'écria Charles, qui fit un effort violent sur lui-même pour vaincre sa timidité naturelle, n'effeuillez pas cette rose ! Par grâce, je la réclame

— Pourquoi me demandez-vous cette fleur ? dit vivement la jeune fille, il y en a tant dans le jardin, cueillez-en.

— Que me font ces fleurs que votre main n'a pas touchées ?

— Savez-vous que c'est une déclaration que vous me faites là, monsieur Charles ?

— Oh ! donnez-la-moi, dit le jeune homme en tombant
a genoux. J'en aurai un si grand soin qu'elle ne se fanera
jamais !

— La voici, dit Christine d'une voix emue. Esperez,
monsieur Charles, un jour, s'il plaît a Dieu, vous aurez
la main qui vous donne cette rose

A ce moment ils s'aperçurent de la presence de Mᵐᵉ Covait et d'une autre dame, qui les ecoutaient et les epiaient

Ils durent se separer

L'orphelin sortit du jardin, rayonnant de joie. Il etait
aime ! . Mais il avait tres-bien compris le « s'il plaît a
Dieu » de Christine Cela voulait dire S'il plaît a ma mère,
si vous etes digne de moi, si vous vous faites un nom, etc.

Charles ne delibera pas longtemps, car huit jours apres
il faisait ses adieux a Mᵐᵉ Covait et partait pour l'Afrique,
engage comme simple soldat

Pendant cinq ans, Charles Devin se battit en lion, il fit
la guerre avec un enthousiasme et un acharnement in-
croyables, non sans recevoir quelques bonnes balafres

— Ces pauvres Arabes, interrompit le journaliste, ne se
doutaient pas que c'etait par amour que notre ami Charles
les sabrait de la sorte !

— Au bout de cinq annees, il eut enfin le grade de capitaine qu'il desirait tant, et fut decore de la Légion
d'honneur Aussitôt qu'il le put il quitta la terre africaine

et revint en France. A peine arrivé a Paris, il se rendit en toute hâte à la demeure de sa chère Christine.

Oh! son cœur battait fort lorsqu'il sonna a la porte, mille fois plus fort que dans la mêlée ennemie.

On ouvrit enfin.

Charles trouva une reception froide, deux visages froids, deux cœurs froids.

Ne sachant à quoi attribuer ce changement, le capitaine fit tour a tour des questions à la mere et a la fille, mais on ne lui repondit que par des politesses et des phrases entrecoupees. Charles comprit enfin qu'il etait de trop, et il se retira.

Quand il repassa la porte, son cœur ne battait plus dans sa poitrine. Il avait envie de pleurer, et il ne le pouvait pas. Il tenait ses yeux fixes a terre   comme pour y chercher un tombeau

— Qu'etait il donc arrive? demanda Karl avec anxiete

— Un curé de Saint-Sulpice, qui etait devenu le directeur de conscience de Mme Covart, lui avait persuade qu'elle ne devait pas donner sa fille a un homme eleve dans le protestantisme, il avait favorise de toute son influence les pretentions d'un riche capitaliste, M. L., qui etait survenu pendant l'absence de Charles et avait conquis, grace aux efforts du curé de Saint-Sulpice, le cœur de Christine

— Qu'est devenu le capitaine? il s'est suicidé sans doute ?

— Il aurait mieux fait, répondit l'inconnu d'un air sombre.

Le journaliste comprit alors que son interlocuteur n'était autre que Charles Devin.

— Mon histoire est plus prosaïque que la votre, reprit Karl, il est vrai, mais elle a le même dénouement.

Je suis Allemand, je me nomme Karl Brunner Après avoir fait mes études a Vienne, je me sentis une vocation pour les études philosophiques; je me nourris de Kant, d'Hegel, de Strauss; ces lectures m'inspirèrent une telle horreur pour l'idolâtrie, que je résolus de ne me lier qu'avec des libres penseurs et de n'epouser qu'une femme degagee des devotions et des attaches chretiennes

Malgre mon excessive reserve, une jeune Viennoise, foi t espiègle dans son ingenuite tout allemande, parvint a la forcer par d'insidieuses questions enveloppees d'esprit et de grâce. Il fallut bien, puisque mes yeux m'avaient trahi, lui avouer que sa charmante personne m'avait captivé, et que s'il n'y avait pas eu d'impossibilités, j'aurais rève de passer ma vie auprès d'elle.

— Quelles impossibilites, monsieur? me repliqua-t-elle avec une moue charmante, rien n'est impossible a qui aime bien

— D'abord ma pauvrete, lui dis-je.

— Bah ! n'est-ce que cela? J'ai trois cent mille francs de dot Allons, declarez-vous a mes parents, et tout s'arrangera en famille

— Mais il y a encore une autre impossibilité, mademoiselle

— Encore ! mais taisez-vous donc, bavard ! En amour, le mot impossible ne doit pas exister.

— Pardonnez-moi si j'insiste, mademoiselle, mais il ne me suffirait pas d'être avec ma femme en communaute d'existence, je voudrais, entre elle et moi, une communaute de pensees, de système, d'idees religieuses surtout.

— Que me parlez-vous de système? je n'en connais qu'un dans le mariage, c'est de bien aimer son mari, de l'entourer de soins, d'affection.

— Cela ne suffit pas, mademoiselle, de même que la femme accepte le nom de son mari, elle doit accepter ses idees, ses manières de voir ; ainsi, n'etant pas catholique, je n'admets pas que ma femme s'agenouille devant un prêtre, qu'elle lui révèle les secrets de l'alcôve et de l'intérieur. Le prêtre d'une femme mariee, c'est son epoux Il me serait donc impossible de me marier a l'eglise, dont je n'accepte pas les dogmes

— Comment, vous êtes un impie, monsieur, un non croyant? Voila donc les belles choses que l'universite

allemande vous a enseignees? Eh bien ! admirez la pro-
fondeur de mon attachement pour vous, qui ne brillez pas
pourtant par la condescendance et l'amabilite, je passe
sur votre scepticisme, je me charge de vous convertir
Vous irez a la messe si bon vous semble, apres notre
union. Mais ce que j'exige, ce qu'a mon defaut mes parents
exigeraient, c'est de nous marier à l'église. Ce n'est qu'une
formalité, une cérémonie, vous le savez. Mais quelle joie
de prendre Dieu à temoin de l'indissolubilité de son attachement et de son mariage ! Parée, enviee de toutes les
femmes qui la regardent, l'heureuse mariee éprouve, a ce
moment, une de ces joies celestes dont toute sa vie elle
se rappellera. Ce souvenir sanctifiera son union et l'ar-
retera sur le bord de l'abîme, si jamais quelque Mephis-
topheles ou quelque don Juan voulait la perdre. Vous
voyez donc bien, monsieur, que la messe du mariage est
a la fois une chose sanctifiante et utile Il serait ridicule
de la repousser

— Eh bien ! mademoiselle, malgre mon amour pour
vous, j'ai ce ridicule de repousser un esclavage , qu'ar-
mee de votre ascendant sur moi vous pretendez m'imposer. Quoi ! moi, philosophe, moi qui nie la revelation
religieuse et ne crois qu'a la revelation de la conscience
et de la raison, j'irais me confesser a un homme dont je
ne reconnais pas le divin caractère !

— Mais vous savez bien qu'il est avec l'Eglise des accommodements faciles, et que les confesseurs adoucissent la penitence aux fiances, disciples de Kant et de Hegel.

— Jesuitisme que cela' Vous ne refléchissez donc pas, mademoiselle, qu'apres m'etre joué de Dieu et de ma conscience, rien ne m'empêcherait de vous tromper, de trahir votre amour Tenez, mademoiselle, vous me semblez horrible, laide a faire peur, à present Vous êtes l'eternelle tentatrice, l'eternelle Eve qui abuse de ses charmes pour seduire et tromper Adam, l'eternel imbecile. Vous me forcez maintenant à me confesser, a entendre la messe, plus tard il faudra faire baptiser nos enfants dans les religions catholique ou protestante, qui ne sont pas les miennes, plus tard, il faudra accueillir votre cure, plus tard, accepter une fonction, une croix, bref, moi qui suis un homme de liberte et de libre examen, je deviendrai un jésuite, un chambellan de quelque despote, de lachete en lacheté, de concession en concession, vous m'auriez conduit, pour vous être agreable, a l'apostasie, a une vie d'hypocrisie et de mensonge Non, cela ne sera pas. Arriere, seductrice, femme, vous êtes une corruptrice. Vous êtes une voleuse de liberte Je vous renie pour toujours

— Adieu, monsieur, vous etes un antechrist, un revo-

lutionnaire, un impie. Vous ne m'avez jamais aimee. Mon
Dieu, que je suis malheureuse ! ..

Et apres ce dialogue, pleurnichant comme une pension-
naire, ma belle Viennoise se retira. La desolation dura un
mois. On proclama son mariage avec un prêtre protestant
Probablement elle s'etait convertie, car elle etait de famille
catholique Ainsi elle n'aurait pas entame sa foi pour
epouser un philosophe, mais pour s'unir à un prêtre, qui
est plus que Dieu aux yeux d'une femme, que ne ferait-
on pas !..

Degoûte de mon pays natal par cette aventure de ma
première jeunesse, je partis pour Paris, je mis le cap sur
la nation qui a enfante la Revolution française, dont je
suis enthousiaste Je savais par cœur les moindres details
historiques de cette sublime Revolution, et je m'attendais
à la voir affirmee et realisee dans les mœurs, dans les
faits et gestes de la France. Mais quelle ne fut pas ma
stupefaction en l'entendant maudire dans les salons ou je
me rendis ! Hommes, femmes, les femmes surtout, c'etait
à qui jetterait le sarcasme a la mere du monde moderne

Je ne pus contenir mon indignation, je l'avoue, je fis
scandale en protestant, en ma qualite d'Allemand, contre
l'ingratitude d'enfants dénatures, je cessai de voir ce qu'on
appelle a Paris le monde des classes oisives, je descendis
aux classes laborieuses et aux commerçants. Je devins

amoureux (car, malgre la raison, la nature parle) de la fille d'un marchand de chandelles en gros, et je croyais être payé de retour. Un beau matin, j'eus l'audace de la demander en mariage a son père. Celui-ci répondit nettement qu'il ne donnerait pas sa fille a qui que ce soit à moins de dix mille francs. C'etait son ultimatum. Il ne voulait pas entendre parler d'un gendre sans le sou.

— Vous aurez vos dix mille francs, lui dis-je.

— Ma fille vous appartiendra, me repondit-il.

— Je me torturai le corps et l'esprit pour réaliser ces dix mille francs, au bout desquels se trouvait ma Dulcinee Mais j'eus beau faire des pieds et des mains, après trois annees de recherches, je n'eus a ma disposition que 9,708 fr 10 c J'allai porter triomphalement la somme à mon futur beau-père, il me dit froidement

— Il vous manque 291 fr. 90 c Ne vous presentez chez moi qu'avec la somme complète

— Vous l'aurez, lui dis-je

Au bout de six mois, j'avais complete mon cautionnement marital. J'accourus a la boutique du beau-père, mais il etait trop tard

— Ma fille n'a pas pu attendre si longtemps un mari, me dit-il, et j'ai trouve dix autres mille francs avant les vôtres. J'ai un gendre

Je tirai ma reverence au marchand de chandelles et a

3

sa fille, et je remportai mon sac Je vous ai conté cette histoire triste et comique à la fois, pour vous prouver que la femme ne s'appartient pas, qu'elle est la propriété presque exclusive des ravisseurs d'âmes et des spéculateurs, des prêtres et des capitalistes

Karl s'arrêta, car il s'aperçut qu'il ne parlait plus qu'à lui-même Charles Devin fixait des yeux ardents sur la belle Christine et sur son heureux possesseur, M de L ..

— Vous êtes encore amoureux, lui dit le journaliste d'un ton railleur Quant à moi, la fille du marchand de chandelles m'a guéri à tout jamais de l'amour. Imitez-moi

— J'ai usé mon corps et mon âme, répondit Charles, et je ne suis pas parvenu à effacer ma première pensée d'amour. Oh ! monsieur, je souffre le supplice d'un damné Regardez-la donc ! N'est-ce pas qu'elle est ravissante quand elle sourit? O douleur !. . son visage effleure celui de ce M. de L . , que j'abhorre... Mais qu'a-t-il donc fait, celui-là, pour être si heureux ?.

— Il a tiré un bon numéro à la loterie sociale, il s'est conformé aux mœurs et aux préjugés de son pays, ce que trop obstinément peut-être nous n'avons pas voulu faire, moi en Autriche, vous en France

A ce moment, on entendit un coup de fusil parti de la scène. C'était un personnage de la pièce qui, par une fatale méprise, venait de tuer son meilleur ami. Il se poignarda immédiatement sur le corps de sa malheureuse victime

Un voisin du capitaine s'écria

— Enfin! la piece est finie . Tous les acteurs sont tues.

En effet, c'etait le denouement On entendait encore le râle artistique du susdit ami, qui, avant de mourir definitivement, exprimait en termes poetiques le regret de s'ette mepris si cruellement

Tout etait mort sur la scene. Il ne restait plus de vivant au theâtre que le public, qui, dans l'interêt de sa conservation sans doute, quittait bruyamment les places et fuyait en toute hâte ce theâtre d'execution genérale

Le journaliste et le capitaine se promirent de se voir souvent.

Cette conversation avait produit un effet extraordinaire sur Charles Devin , elle lui avait ouvert un autre horizon, montré le neant de sa passion et le veritable but de la vie.

A partir de ce moment, l'ancien capitaine cheicha dans la science l'oubli de son fatal amour ; il y reussit.

Un de ces jours derniers, Karl était chez son ami Charles Devin La conversation tomba par hasard sur la fille du banquier

— Es-tu gueri radicalement de ton amour profane? lui dit en riant le journaliste.

— C'est une chimère et une vision de l'ancien monde, repondit solennellement Charles Devin, a présent, je suis dans le nouveau[1] ..

LE MASQUE DE LA CIVILISATION

LE MASQUE DE LA CIVILISATION

Le costume du civilisé est éclatant, son masque est charmant, sa maison est belle, son mobilier somptueux; il n'y a que lui qui soit laid et defectueux[1] Son esprit, son etat moral, ses prejuges contrastent tristement avec les brillantes œuvres sorties de sa main!

Quand la conciliation se fera-t-elle entre sa civilisation interieure et sa civilisation exterieure, son dessus et son dessous, son dedans èt son dehors, son cœur et son habit, ses idées et sa toilette?

Depuis la feuille de vigne adamique, si galamment prêtee par l'art pudibond a notre mere Eve nue et belle comme la verite, le costume a toujours progresse et s'est de plus en plus agremente.

Au pagne des sauvages a succede la jupe a cinq etages
et la robe a queue qui, aujourd'hui, balaye le pave, a la
peau de bœuf fatigant et blessant le pied, des chaussures
vernies et souples, avec des chiffons de velours, de soie,
de dentelle, de toile ou de drap, la mode, déesse des
cerveaux vides, a transformé les magots en Adonis,
les rachitiques en Hercules, les nymphes cagneuses en
femmes droites et bien alignées, qui ne se sont deshabil-
lees qu'après avoir prononce le oui eternel devant M. le
maire.

Mais l'homme si propret, si coquet, si soigneux de son
extérieur, a garde ses grossièretes et ses malpropretes
intérieures, ses lâchetes, ses petitesses, ses esclavages,
ses abaissements.

Et cette femme maquillee, badigeonnee, parfumée des
pieds à la tête, semblable a une riche chapelle, effraye le
regard impie qui la sonde a travers son enveloppe eblouis
sante

La divinite n'est pas dans la deesse postiche, l'oasis
n'est qu'un mirage, la brillante façade, les dorures, les
marbres et les elegants portiques du temple, cachent un
sanctuaire vide, ou se balancent, comme des toiles d'a-
raignee, quelques prejuges, quelques leçons mal apprises,
quelque hideuse superstition, quelque fragile sentiment
c'est le desert conjugal, d'ou le plus souvent le mal,

cherche à fuir, après s'être ruiné à payer les notes fa-
buleuses des marchandes a la toilette.

O sombres menages chez lesquels s'installent le luxe,
l'hypocrisie, le directeur de conscience, les froideurs mon-
daines, les prejuges sociaux, les vides de cœur et les
convenus de l'esprit, comme vous faites regretter ce château libre où Diderot avait loge sa maîtresse, mademoiselle Volant, en lui disant :

—Faisons en sorte, mon amie, que notre vie soit sans
mensonge !

J'ai suivi curieusement et comme sujet d'etude une de
ces grandes coquettes qui visitaient la dernière Exposition universelle dans un traîneau roule par un homme
cheval, je ne savais pas son nom, mais je la baptisai
l'*Insatiabilite*, après avoir vu son regard s'allumer aux
convoitises du luxe.

Elle revêtait en imagination tous les costumes, essayait
toutes les parures, toutes les dentelles, tous les brillants,
s'etendait sur les poufs et les canapés roses, se couchait
dans les lits d'ebène odorant, plaqué d'or, aux descentes
de tigresses. Je la vis pâlir à l'aspect du costume par trop
primitif d'une femme sauvage, comme si la nature lui eût
souffle à l'oreille cette injure :

« Lorsque tu es nue comme la main, tu es la sœur de
cette insulaire ! La toilette marque ton rang et fait ta dis-

tinction, bel oiseau, tes plumes composent toute ta beauté ! »

L'orgueilleuse ne songeait pas même que la nature fait seule les frais du plumage de l'oiseau, tandis que le sien est tissé, fabriqué par des millions de malheureuses qui vont demi-nues avec des tas d'enfants affamés, et qui psalmodient en cousant la tragique *Chanson de la chemise*

Loin de calmer l expression avide de sa coquetterie, elle se montrait fière d'être la grande consommatrice, le tonneau des Danaïdes dans lequel se versent sans cesse ces flots de dentelles, de soieries et de cachemires.

Et quand, ayant passé en revue les bibelots, les falbalas, les colifichets, les robes et les écrins du monde entier, cette coquette sera rentrée dans son intérieur, qui lui paraîtra pauvre, terne et froid, croyez-vous qu'elle laissera reposer son mari tranquille sur son oreiller, et ne lui dira pas impérieusement

— Je veux ce Sèvres, ces cristaux, cet ameublement, cette moquette, cette parure... ou sinon.

O robe de Nessus, de combien d'Hercules modernes n'avez-vous pas été le lot et l'enfer?

Au fond, la coquette que je critique a raison contre moi et contre tout le monde, car c'est la robe que nous aimons tous, c'est le masque de la civilisation qui nous charme et que nous attachons nous-mêmes au visage des séductrices!

La main sur la conscience, si on la trouve, qui de nous
a su résister à ce cantique chanté par la robe sur le tapis moelleux d'un boudoir ?

Enfants pervertis et peu réfléchis que nous sommes, la
robe nous fait aimer, le costume du fonctionnaire nous
fait respecter, l'uniforme du soldat nous fait peur, la to-
que et la simarre du magistrat nous font trembler, les
croix nous font admirer et estimer, la robe noire du prêtre
nous ferait croire à l'enfer. Nous adorons le chiffon et l'o-
ripeau

Et moi-même, quoique né contempteur et irrespec-
tueux, le vertige me saisit dans les galeries de l'Exposition universelle, quand une hallucination me fit voir les
costumes masculins et féminins des cinq parties du globe,
sur le dos et sur la peau de cette armée de jolies femmes
et de laids fonctionnaires, de gens officiels, souverains,
généraux, colonels, évêques, popes, marabouts, mandarins, préfets, procureurs, huissiers et gendarmes qui mè-
nent le monde, docile et serf à leur baguette, par le bout
du nez et la ficelle du masque Toujours sous l'influence
de mon hallucination, je me vis revêtu de cette brillante
défroque de la civilisation, de ces costumes avec croix et
plumets qui ont le droit d'imposer à l'espèce humaine la
terreur ou l'admiration, mais aucun ne me gantant, ni la
pompe du tyran, ni le haillon de l'esclave, je restai

Gros-Jean comme devant, en extase devant cette mys-
tification lunebie d'un maichand de meubles de la classe
fiançaise qui a etiquete ainsi un magnifique cercueil, devant lequel tous les visiteurs de l'Exposition s'arrêtaient

Toilette de dames. . en sapin !

On dit qu'un riche Anglais a acheté ce joujou de Chai-
les-Quint pour en faire cadeau a milady.

J'ai encoie fioid dans le dos lorsque je me rappelle
cette toilette de la moit ce dernier masque attache, ce
dernier costume endosse par tous les biillants fonction-
naiies de la civilisation !

SŒUR ANNA LA CARMÉLITE

SOEUR ANNA LA CARMÉLITE

La comtesse d'Avrigny prenait, en janvier 1839, sa trente-cinquième année, lorsque son mari mourut subitement d'un anevrisme. Son âge, comme sa beauté, lui promettait encore d'heureux jours, de brillantes fêtes, aussi ce fut avec surprise que ses parents, ses amis, ses relations, la virent s'abandonner à une devotion excessive qui la separait du monde et de ses plaisirs. Elle ne recevait plus, elle se cloîtrait chez elle comme dans un couvent. Les curieux chercherent naturellement a connaître les motifs caches de cette surprenante conversion, la mort de son mari avait sans doute engage la comtesse dans une voie de piété, mais la réaction etait trop absolue

et la duree de la penitence du veuvage trop longue pour
qu'il n'y eût pas là une cause secrète, tout au moins la
pression d'une autre volonte sur ses resolutions

On sut bientot, en effet, que Mme d'Avrigny avait livre
la direction de son âme et de son brillant esprit a M Fran-
çois Travelaut, un devot forcene qui jouait au saint personnage en passant sa vie dans les eglises et avec les
dames de charite. En détournant la comtesse du monde et
en lui inculquant les habitudes d'une devotion exageree,
Travelaut espérait l'epouser et partager sa grande fortune
Une personne contrariait prodigieusement les projets du
devot Travelaut, c'etait Mlle Anna d'Avrigny, qui le detes-
tait de tout cœur

Travelaut conçut le dessein de se debarrasser de ce
redoutable adversaire en le releguant au couvent. Anna
cloîtree, la fortune personnelle de Mlle d'Avrigny restait à
la comtesse, et Travelaut espérait avoir le tout. Pour at-
teindre ce but, notre devot circonvint Anna, lui fit la peinture la plus seduisante de la vie monastique, mais la
jeune fille résista victorieusement à ses leçons mystiques, grâce à ces quatre arguments irrefutables
jeunesse, esprit, beauté, richesse Elle priait avec ferveur
le ciel, il est vrai, mais pour recouvrer sa liberte, pour se
marier et ne plus voir le visage papelard et confit de
Travelaut Malheureusement, la comtesse, conseillee

par son génie devot, écarta tour à tour, sous un prétexte ou sous un autre, différents partis qui se présentèrent.

Enfin M. Hippolyte Fabre, un jeune homme bien posé au barreau de Paris, eut plus de chance que les autres prétendants à la main d'Anna, ses manières, son éducation, sa position sociale, ne prêtaient le flanc à aucune critique, malgré sa roture et l'étiquette exagérée du faubourg Saint-Germain, en dépit des insinuations de Travelaut, qui ne pouvait admettre qu'un simple avocat prétendît à la main de l'héritière d'une grande fortune et d'un grand nom du noble faubourg, Mᵐᵉ d'Avrigny dut l'agréer comme le fiancé de son petit démon. c'est ainsi qu'elle appelait sa fille quand elle était de bonne humeur, — en dépit des points de réticence, des phrases suspensives, des exclamations de Travelaut, qui répétait sans cesse à ce sujet :

— Pas si vite ! pas si vite ! Qui sait? Il faudra voir Tout ce qui brille n'est pas or !

Hippolyte Fabre et Anna étaient aux anges, le dévot seul se donnait au diable en cherchant dans son esprit, — car il en avait ! — quelque moyen machiavélique de rompre les fiançailles des jeunes gens Il chercha si bien, il alla tant et tant de fois aux informations sur le compte de l'avocat, qu'il amena chez Mᵐᵉ d'Avrigny une ouvrière en dentelles, intéressante victime du fiancé d'Anna. Aussitôt la comtesse manda à Fabre qu'il devait renoncer absolument à l'espoir de s'unir a Mlle d'Avrigny, et celle-ci fut instruite par sa mère de la conduite scandaleuse de son fiancé. Ces revelations, a la grande surprise de Mme d'Avrigny, ne changèrent pas les sentiments d'Anna, — la digne femme avait oublie que l'amour est obstine comme un aveugle. Caresses, soins empresses, menaces, conseils, tous les engins de famille furent impuissants a renverser la passion edifiee solidement dans le cœur d'Anna. Depuis le jour de la rupture officielle de son mariage, la jeune fille montra un visage fermé à la joie, au sourire et aux investigations du devot lui-même, qui essayait vainement d'y lire.

Cependant Hippolyte Fabre, ne sachant à quoi attribuer la lettre glaciale de la comtesse, s'etait presente chez elle pour avoir une explication l'entrevue n'eut pas lieu, la porte lui fut impitoyablement refusee. Mais ce que le salon ne dit pas, l'antichambre a l'attention délicate de le reveler Fabre causa avec une femme de chambre qui, comme la servante d'Orgon, n'aimait pas les Tartufes, et il sut pourquoi il etait repousse. Il ne se decouragea pas, il revint chez la comtesse, insista pour être reçu, et le fut en effet, mais avec un front sevère, une pose de marbre qui ne lui presageait rien de bon

— Madame, dit-il a la comtesse, j'ai a cœur de m'excu-

ser auprès de vous d'une erreur de jeunesse... d'une
faute .

— D'un crime! monsieur.

— Mais, madame. .

— Epargnez-vous de banales excuses Ce que je vous ai
ecrit sera tenu.

— Oh! laissez-vous fléchir par mon repentir, par mes
prieres. Une conduite irreprochable, exemplaire, rachètera
mon erreur d'un moment. Ne me refusez pas mademoiselle d'Avrigny; ne me condamnez pas au desespoir, à la
mort ..

— La mort est preferable à une vie sans honneur, dit
sèchement la comtesse.

Il n'y avait pas à répliquer a cette stoique sentence. Fa-
bie gagna la porte, en disant d'une voix sourde

— Adieu pour la vie, madame!

— Adieu, monsieur.

Notre avocat avait perdu sa cause, il se precipita éperdu
hois de l'appartement de la comtesse. L'emotion impri-
mait à sa marche un mouvement d'oscillation, il chance-
lait, il marchait dans la rue comme un homme ivre Travelaut, qui le suivait d'assez loin, eut de la peine à le re-
joindic

— Arrêtez-vous, arrêtez-vous, jeune homme! lui cria-
t-il a distance.

A cette apostrophe, Fabre se retouina vivement et maugrea

— De quel droit m'interpellez-vous ?

— Sachez, jeune homme, que ma religion m'ordonne de soulager les maux de mes freres, quels qu'ils soient Je souffre de vous voir en proie a cette irritation. Où allez-vous ?

— Ou conduit le desespoir

— Malheureux ! au suicide . Je veux vous sauver.

— En quoi votre intervention peut-elle m'être utile ?

— Vous allez le savoir La comtesse d'Avrigny vous a refusé sa fille ?

— Elle a ete inflexible. Je n'ai plus rien a esperer.

— Rien des hommes, mais tout de Dieu ! Il est le refuge eternel des cœurs blessés, des ames meurtries au milieu du rude combat du monde Puisque vous voulez en finir avec cette societe frivole et cruelle, ensevelissez-vous dans le silence et la prière du cloître Je vous faciliterai l'entree de ce saint lieu, si vous y consentez, mon ami

— J'y songerai, dit Hippolyte Fabre avec amertume.

Travelaut ne quitta l'avocat qu'après l'avoir dument catechise sur la vacuite des passions humaines et lui avoir fait passer en revue toutes les congregations religieuses, depuis l'ordre de la Trappe jusqu'a celui des Jesuites L'édification de Fabre achevee, le devot vint immediate-

ment informer Anna d'Avrigny que son fiancé se consacrait à la vie monastique, l'exhortant à suivre sa sainte
resolution. Mais la jeune fille ayant resisté aux insinuations de Travelaut, il fut forcé de recourir à l'influence
de sa mère.

— Madame, dit-il à la comtesse, Mlle Anna ne peut plus
trouver dans le monde le calme de l'âme et la quietude de
l'esprit.

— Pretendriez-vous en faire une religieuse? demanda la comtesse avec inquietude.

— Il ne vous reste que ce moyen. Votre enfant sera
sauvée le jour où les grilles d'un cloître se refermeront
sur elle. Là seulement elle aura une nouvelle existence
en harmonie avec l'etat de son âme.

— Oh! je ne puis me séparer de ma fille!

— Songez que sa vie est en danger.

— Il faudrait d'ailleurs, avant toute chose, que cette
idée lui convînt. Je ne la contraindrai pas certainement
à un tel sacrifice!

— Vous le savez, madame, je n'ai d'autre souci que vos
intérêts, votre bonheur dans ce monde et dans l'autre. Eh
bien! je vous le repete, j'ai observé Mlle Anna, et je crains
tres-serieusement qu'une maladie de langueur ne l'emporte au tombeau. Il faut la cloîtrer, ce sera son salut.

Mme d'Avrigny, ainsi effrayée dans son amour maternel,

souscrivit aux intentions de Travelaut, qui, fort de cette autorisation, ne cessa de harceler Anna en lui repetant que son devoir lui commandait d'abandonner l'époux terrestre pour Jésus-Christ, le divin epoux. Pressee de tous côtes, et par les sollicitations de sa mère et par celles de Travelaut, Anna ceda Il lui semblait d'ailleurs qu'en se cloîtrant elle ne se separerait pas d'Hippolyte Fabre, puisque lui aussi s'etait voue a Dieu. L'amour est un ingénieux Protée, il prend tous les masques, celui de la douleur comme celui du plaisir, il se refugie jusque sous le cilice

Mⁿᵉ d'Avrigny mit cependant une restriction à son acquiescement; dans ses conventions avec Travelaut et sa mère, elle stipula qu'elle reveriait encore une fois le monde avant de se retirer au couvent, qu'elle ferait un dernier, un éternel adieu aux joies de la terre. C'était une fantaisie, un caprice de jeune fille, auquel il fallut bien obéir On convint donc d'accepter la premiere invitation qui serait adressee a la comtesse.

Anna était embarrassée de choisir entre les differentes congregations religieuses, sa préference allait a la sympathique institution des Sœurs de charite, lorsqu'elle apprit qu'une de ses jeunes amies de pension était sur le point de se faire carmelite. Elle lui demanda d'assister a sa prise de voile, ce qui fut accordé sans difficulté, grace aux demarches de Travelaut, auprès de l'un des directeurs spirituels de la congrégation des carmelites.

Les religieuses carmelites, actuellement a Issy, occupaient à Paris, en 1839, les vastes batiments de la rue d'Assas, qui sont aujourd'hui habites par des Dominicains Ce fut la que se rendit la comtesse d'Avrigny et sa fille, accompagnées de Travelaut

La ceremonie de la prise de voile se fit dans la chapelle du couvent des carmelites L'amie 'de pension d'Anna parut dans une éblouissante toilette de mariee, dont les riches details ressortaient vivement sur le fond brun des religieuses qui l'entouraient. C'etait une fort belle personne, ayant le type meridional Ses yeux noirs voilés de melancolie, de vague tristesse, semblaient chercher dans l'assemblee un personnage sympathique, un parent sans doute.

Après avoir chante le *Veni Creator spiritus*, et entendu un sermon d'un reverend pere sur le theme eternel de l'inanite des passions humaines et de la necessite de les fouler aux pieds pour gagner le ciel, la novice se retira a la sacristie, ou elle fut depouillee de ses bijoux, de ses vetements de dentelle et de soie, puis on lui coupa les cheveux. Les longues boucles qui encadraient si bien son charmant visage, ces boucles soyeuses ou se jouaient la brise amoureuse et les rayons du soleil, tombèrent une a une sous les froids ciseaux d'une religieuse Corolle par corolle, la fleur fut ainsi effeuillée jusqu'a la tige Enfin la novice ôta ses mules de satin, chaussa d'énormes souliers épates, endossa la robe de grosse laine, et cacha une partie de sa tonsure sous un noir bandeau de stoff.

Lorsque la nouvelle carmelite revint à la chapelle, il se produisit un mouvement de stupeur parmi les assistants Elle était vraiment morte au monde ; elle était meconnaissable. Ses cheveux rases, ses traits contractés, sa pâleur mate l'avaient faite à l'image du cadavre — Si belle tout à l'heure, et maintenant laide à effrayer. Pauvre nature humaine, a quoi tient ta beaute ? a une chevelure arrangee, a un chiffon drapé !

La jeune carmelite trahissait son émotion interieure par les pâles couleurs qui couvraient son visage et plus encore par une attitude accablee. Un autre cœur battait pourtant plus fort que le sien, il y avait dans la chapelle une personne plus emue qu'elle, c'etait Anna d'Avigny, assistant terrifiee au sacrifice de son amie, dont elle devait suivre l'exemple

Deux carmelites couvrirent la novice du voile epais de la communauté, la couchèrent à terre et étendirent sur elle un drap mortuaire brode d'une blanche croix de laine et semé de larmes d'argent. Huit cierges furent allumés et posés symetriquement autour de l'estrade funebre, et l'office des morts commença

Chaque verset de ce chant du neant retentissait au cœur et à l'oreille d'Anna comme les premières pelletees de terre jetees sur un cercueil Les chantres se turent, la morte se releva de son sarcophage A ce moment, un incident assez frequent aux prises de voile troubla l'assemblee Un cri effrayant retentit dans la chapelle du couvent, il etait parti de la nef laterale réservee aux parents et aux amis de la novice. Travelaut, averti, courut aussitôt au secours d'Anna, qui venait de s'evanouir. Aide de quelques personnes, il la transporta du couvent dans la rue d'Assas, ou se trouvait la voiture de la comtesse.

Rentree chez elle, Mme d'Avrigny ne voulut plus entendre parler du couvent, mais Anna, revenue de sa frayeur, insista au contraire pour entrer promptement aux carmelites Elle tenait a faire partie de cette congregation, precisement parce qu'il y avait une regle sévère, elle desirait boire largement a la coupe des douleurs, elle voulait en finir avec le monde.

Cette ardeur de macerations, cet enthousiasme du martyre eclaira la comtesse sur les véritables sentiments de sa fille. Elle se repentit amerement de s'être montrée impitoyable pour le jeune avocat, aussi, de ce moment, songea-t-elle a réparer le mal qu'elle avait fait. L'occa-

sion attendue se présenta bientôt. Esperant réagir sur la
mélancolie qui s'etait emparée d'Anna depuis la prise de
voile des carmelites, la comtesse obtint, après force sup-
plications, qu'elle assisterait, avant de se cloîtrer, à la
brillante fête donnee par l'une de ses plus anciennes amies
du faubourg Saint-Germain

Travelaut, comme on doit le penser, n'y fut pas invité,
mais la réussite de ses projets sur Mme d'Avrigny depen-
dant absolument de cette soiree, il s'y introduisit sous un
faux nom et affublé d'un vêtement excentrique.

L'entrée de la comtesse et d'Anna au bal fut accueillie
par un mouvement general de curiosité auquel succeda un
murmure approbateur. On croyait que Mme d'Avrigny s'é-
tait condamnée à la solitude et que les lourdes portes d'un
couvent s'etaient refermées sur sa fille, l'apparition inattendue de ces deux femmes produisit donc un effet fantastique. Anna etait ravissante de grace et de beaute Une
animation fébrile colorait ses joues, donnait un eclat
factice à ses yeux, rehaussait ses charmes. Tous les jeunes
gens saluèrent avec empressement la revenante, et les
femmes durent s'incliner devant leur souveraine Aux te-
moignages flatteurs, aux eloges que ses courtisans lui
prodiguaient, la jeune fille repondait par un sourire amer
qui semblait dire

« C'est la dernière fois que je brille, demain je serai

morte au monde, j'aurai un vêtement sombre qui cachera mes bijoux et mes attraits. Mon cœur, cree pour l'amour, sera comprime entre quatre murs froids et symetriques comme les planches d'un cercueil. C'est ma dernière fete ! »

Mais Anna n'eut pas le temps de se livrer a ses reflexions Un jeune homme s'avança respectueusement vers elle et la pria pour la danse. A cette invitation, qui certes n'avait rien d'insolite, Anna balbutia, confuse des mots entrecoupes, maches Elle resta immobile sur son siege, elle se crut folle ou visionnaire. Ce cavalier improvise etait le portrait vivant d'Hippolyte Fabre Pressée de nouveau de repondre, Anna se leva, magnétisée par le regard du sosie d'Hippolyte, et se laissa entraîner dans le tourbillon de la danse

Le quadrille termine, l'inconnu conduisit Mlle d'Avrigny aux jardins qui tenaient de plain-pied à la salle du bal, et la fit asseoir au milieu d'un bosquet d'orangers Il resta debout devant elle, sans proferer une parole, les yeux attaches aux siens. Anna, par un effort suprême, secoua sa torpeur et s'ecria en etendant ses mains vers l'inconnu

— Hippolyte !

— Vous me reconnaissez, mademoiselle dit le jeune homme c'est heureux !

— Pourquoi m'accuser, monsieur ?

— Ah ! que dis-je ! le suis insense d'avoir espere que mon affection vous laisserait quelque souvenu Les fian-ces, je le vois, sont vite oublies et remplaces

— Oui, monsieur, je vous ai prefere un amour eternel, un époux qui ne trompe jamais, un cœur qui brûle tou-jours du feu le plus sacre, le plus pur, de la flamme divine ! Je me suis mariee avec l'éternite, j'ai pris le voile de carmelite, et des demain je retournerai au couvent Je vous fais mes adieux

— Mademoiselle d'Avrigny, oubliez, je vous prie, la dernière palpitation de l'homme, le dernier cri de la pas-sion. Demain j'aurai revêtu le cilice de la Trappe. Nous aurons la même fin

— C'est la fin ! dit Anna en laissant echapper une larme qui tremblait depuis cinq minutes à sa paupière

Hippolyte Fabre, vivifie par cette larme celeste, s'assit auprès de M⟨lle⟩ d'Avrigny, et lui prenant les mains ·

— Ah ! je vous comprends, chère Anna, lui dit-il C est la fin du roman enchanteur qui berçait l'imagination sui un harmonieux rhythme, c'est la fin des rêves dores et des enthousiasmes de la vie « Frère, il faut mourir ! » Les Tiappistes me le disaient hier encore Mais, Anna, n'est-ce pas trop de mourir a vingt ans Oh ! martyre ! jeter dans le gouffre sans fond ses illusions palpitantes encore, fermer la barrière sur son existence à peine ébauchée, baisser la toile sur les riants paysages, les perspectives roses, les chaudes visions, les douces chimères de la jeunesse, sonner de ses mains le glas funèbre de la mort. quand vous vous sentez plein de sève, quand les poemes de l'amour battent des ailes dans votre cerveau et chantent leurs delicieuses strophes dans votre cœur !

— Vous n'avez pas raison de plaindre notre destinée, mon ami ! N'est-elle pas commune à tous les mortels ? Après bien des agitations, bien des tourments, bien des étapes douloureuses, n'arrivent-ils pas au neant ? La vie que le temps arrache par parcelles à ces avares, nous la donnerons d'un même coup, nous ! Ne vaut-il pas mieux franchir d'un bond l'espace qui nous separe du but, plutôt que de nous trainer comme les autres dans l'ornière et la boue du chemin ?

—,Les autres ! mais ils ont vecu au moins s'ils ont souffert, et nous souffrons sans vivre. Ils ont eu leur part de bonheur . Ils ont aime   Nous aussi, mon Dieu ! nous aurions pu être heureux !

— Cela n'a pas été   fit Anna triste en baissant la tête Resignons-nous

— Cela sera ! dit une voix vibrante bien connue d'Hippolyte Fabre et d'Anna

Les jeunes gens tomberent en meme temps aux genoux

de Mme d'Avrigny, qui leur tendit la main. Mais un etranger venait de pénetrer dans le bosquet et se tenait aux
côtes de la comtesse. Hippolyte et Anna se relevèrent
confus.

— Oh ! ne vous troublez pas ainsi, leur dit Mme d'Avrigny, devant un ami de la maison, qui m'a conseillé depuis
longtemps de vous unir. A propos, monsieur le savant,
ajouta-t-elle en se tournant vers le nouveau personnage,
je compte sur votre bibliothèque, puisqu'elle doit operer
ma conversion et notre salut.

— C'est parole donnée, madame, demain matin elle sera
transportee chez vous

Cela dit, le savant offrit son bras à la comtesse, Hippolyte Fabre à Anna, et ils rentrèrent au bal, epies a distance par Travelaut Furieux de ce qu'il venait d'entendre
il se promettait bien de contrecarrer les projets de mariage
de la comtesse En effet, le lendemain de bonne heure, le
devot, arme d'un sermon et d'un visage des plus mena-
çants, sonna a la porte de Mme d'Avrigny. Mariette comme
de coutume, lui ouvrit et l'introduisit d'un air narquois
dans l'appartement de Mme d'Avrigny Mais Travelaut
resta petrifie devant un spectacle nouveau pour lui. Un
homme d'une cinquantaine d'annees, decore de la Legion
d'honneur, était assis sur un canape entre Hippolyte Fabre
et Anna, au visage radieux. Quant a la comtesse, entouree

de volumes empilés, elle lisait dans son fauteuil un ouvrage qui absorbait toutes ses pensées, elle ne remarqua même pas l'entrée de Travelaut. Mariette fut obligée de répeter son nom

— Ah ! veuillez m'excuser, dit alors Mme d'Avrigny, je n'étais pas à moi, je voyageais en compagnie de Voltaire.

Au nom de Voltaire, Travelaut devint blême, comme s'il eut aperçu la bete de l'Apocalypse.

— M de Voltaire ici ! dit-il avec aigreur. Qui peut l'y avoir introduit ?

— Adressez-vous à Mariette , c'est la coupable.

— Dame, écoutez donc ! dit Mariette en lorgnant Travelaut d'un œil en coulisse, je m'ennuyais de voir toujours le même visiteur, toujours la même figure de cire, et M Voltaire m'a demandé l'entrée de la maison d'un air si gai et avec un visage si franc que, ma foi, je me suis laissée séduire.

Et Mariette referma sur elle la porte du salon en riant

— Petite impertinente ! grommela Travelaut

— Eh bien, monsieur, interpella la comtesse, vous ne paraissez pas enchanté de mes lectures ?

— Je n'ai rien à vous observer, madame, touchant ces ouvrages condamnés par le Saint-Siege, sinon qu'ils sont les plus propres à corrompre une âme, à la perdre, sans

espoir de remède Citer M de Voltaire, d'ailleurs, cela
equivaut à parler du diable, dont il fut, au dix-huitieme
siècle, la dangereuse personnification.

— Je ne sais pas si le diable a pris pour nous abuser
l'enveloppe humaine de M de Voltaire, dit gaiement la
comtesse, mais assurement c'est un diable de cœur et
d'esprit ; ce n'est pas demon qui veut à ce compte-là!
Tenez, monsieur, lorsque vous êtes entré, je lisais un article des plus interessants du *Dictionnaire philosophique*
Je ne resiste pas au desir de vous en montrer une admi-
rable page.

— Oh ! madame, s'écria Travelaut, epargnez-vous cette
peine. Je connais   je connais.

— Comment, vous aussi, saint homme, vous avez donc
eu commerce avec le diable?

Travelaut était pris Pourtant il s'echappa assez adroitement du piege en disant à la comtesse

— Mais, madame, il faut bien connaître l'ennemi que
l'on doit combattre

—L'ennemi ! prenez garde, monsieur, vous avez devant
vous un savant, un ami fanatique de Voltaire. Vraiment,
je serais curieuse de vous entendre discuter tous les deux
Vous eclaireriez ainsi ma religion Et lorsque vous aurez
rendu votre verdict sur Voltaire, je vous demanderai ce
que vous pensez de Pascal.

Le monsieur décoré se leva, prêt à entrer en lice et a
rompre une lance en faveur de son auteur favori. Travelaut était sur des charbons ardents

— Je ne discute jamais, madame, dit-il vivement a la
comtesse. D'ailleurs, je ne veux pas vous distraire plus
longtemps du charme de votre lecture, ajouta-t-il en désignant les volumes empilés sur lesquels Mᵐᵉ d'Avrigny
avait posé la main. Permettez-moi de me retirer.

— Que je ne vous retienne pas, monsieur, dit sévèrement la comtesse en congédiant Travelaut d'un geste
impérieux

Lorsque Travelaut fut sorti, les trois témoins de cette
scène partirent d'un éclat de rire qui retentit longtemps
dans le salon Mariette vint faire sa partie au joyeux concert en narguant la mine décomposée et la sortie préci-
pitée de Travelaut

Un mois après cette conversion voltairienne de Mᵐᵉ d'A-
vrigny, deux mariages se célébraient simultanément à
Saint-Roch. La comtesse épousait le savant dont la dia-
lectique avait si fort effrayé le jésuite Travelaut, et
Mˡˡᵉ d'Avrigny, Hippolyte Fabre

On n'entendit plus parler du naufrage Travelaut.

———————

LES AMOURS PAUVRES

LES AMOURS PAUVRES

I

— Debout, Pauvrette, debout! six heures sonnent a l'église Bonne-Nouvelle, et tu sais qu'a sept heures précises, il faut que tu sois rendue a ton atelier pour gagner ta journée de vingt sous — Pas de paresse si tu ne veux perdre une demi-journée!

A cette menace que la raison fait entendre à son oreille, Pauvrette, bravant les dix degres de froid qui règnent dans sa mansarde, saute courageusement au bas de son

lit, met un châle, prend un seau et descend vivement les
marches de son cinquieme etage.

En allant chercher chaque matin de l'eau à la fontaine
voisine, Pauvrette economisait ainsi les deux sous par
voie du porteur d'eau.

Aussitôt remontee que descendue, la jeune lingère
donne ses premiers soins a son petit menage, qu'elle a
acquis a force de veilles et d'economies Elle retourne sa
couchette, essuie sa commode, ses deux chaises, et balaie
sa chambre

La toilette de son menage faite de la tête aux pieds,
Pauvrette commence la sienne. Les anglaises et la raie
nettement tracee au milieu du crane, voila l'article de
toilette qui demandait le plus de temps a la jeune fille,
car Pauvrette etait coquette! Son chagrin de tous les ma-
tins c'etait d'être forcee, par la maladresse de l'un de ses
voisins, de se mirer dans un morceau de miroir casse
qu'elle n'avait pu encore remplacer.

Il faut dire aussi, pour atténuer le reproche de coquetterie adresse a Pauvrette, qu'elle etait d'une gentillesse
ravissante Elle réunissait en elle deux qualites qui semblent habituellement s'exclure les formes robustes du
travailleur et les extrémites fines et souples de l'oisif Ses
cheveux d'un blond dore retombaient en grappes luxu-
riantes sur son cou, des yeux a fleur de tête, dans les-

quels se reflétait une âme sensible, un nez retroussé, une
bouche mignonne lui composaient une physionomie à la
fois sérieuse et mutine.

D'où venait Pauvrette? *Père et mère inconnus !* Elle
avait été recueillie tout enfant par une vieille dame
qui l'avait baptisée du surnom de *Pauvrette*, pour
qu'elle ignorât jusqu'au nom de ses parents. Elle avait
perdu cette mère adoptive a quinze ans. Depuis ce temps,
c'est-a-dire depuis deux ans, elle vivait isolee, sans famille, au milieu de Paris comme dans une grande prison

En quelques mots, voilà l'histoire de Pauvrette et de
ses aieux !

Sa chevelure arrangee, il ne fallut pas cinq minutes a
la jeune lingere pour mettre la robe d'indienne, le col uni
et le bonnet de jaconas, qu'a cause du froid elle assujettit
d'un foulard noué sous le menton Alors elle sortit de la
maison, descendit la rue Beauregard jusqu'a l'angle du
boulevard Bonne-Nouvelle, où elle s'arrêta un instant
pour regarder, selon son habitude quotidienne, l'heure a
la pendule du marchand de vins.

C'est la qu'elle était attendue !

II

À cet endroit, Pauvrette etait guettee tous les jours.

Un amoureux sûrement ?

Non, un vieillard, un portefaix, le père Jerôme, bien connu dans le quartier Bonne-Nouvelle pour son agilite a porter une lettre et son adresse à faire reluire une paire de bottes.

Quand elle passait le matin, Pauvrette, sautillant sur le trottoir comme au lever du soleil une fauvette sur les branches, le pere Jerôme ne se contenait pas de joie. Sa botte a moitie ciree, emmanchee dans son bras gauche, roulait a terre, ses yeux reluisaient d'un ravissement extatique Il suivait du regard la jeune lingère jusqu'au detour d'une rue, puis c'etait fini. Le bonheur du père Jerôme etait passe Il rentrait humblement dans sa botte

Le vieux portefaix logeait dans la même maison et sur le même caire que Pauvrette , mais, sortant le matin toujours avant elle, il ne pouvait la voir que lorsqu'elle passait près de la boutique du marchand de vins ou il se tenait. Parfois, il la saluait ostensiblement. La jeune fille

lui adressait alors un sourire de remeiciment. Brave père
Jerôme ! si vous aviez vu sa joie .. Il etait trop heuieux de
trouver un êtie qui ne le dedaignat pas Une dignite superbe, un orgueil au-dessus de son humble position, tel
était le defaut du pere Jerôme Il souffrait cruellement
des dédains et des rebuffades qu'il essuyait de gens dont
il faisait les commissions Aussi Pauvrette avait-elle aise-
ment conquis son affection par son honnétete, ses egards
enveis lui. Nous ne savons s'il se joignait a cela quelque
seciete sympathie, il y avait peut-être la un mystere psy-
chologique du cœur humain, toujours est-il que le pere
Jérôme n'avait aucune raison particulière de s'interesser
a Pauvrette.

Le vieux portefaix etait de nature peu communicative.
On ne lui connaissait ni parents, ni amis. Jamais il ne
buvait Il semblait se defier du vin comme d'un ennemi.
Quand par hasard on l'interrogeait sur sa jeunesse, il repondait d'un air contraint.

Son existence avait dû certainement être très-tour-
mentée, car à peine âgé de cinquante ans, il en annonçait soixante. Son ciâne chauve, son front plissé de rides,
sa baibe blanche avant l'heure, et surtout un air de distinction en contradiction avec son métier de commission-
naiie disaient assez clairement a l'observateur que le
malheur avait passé par la ! Tout le feu de sa vie semblait

s'être concentre dans ses yeux vifs et brillants, qui illuminaient son visage fletri, comme un rayon de soleil eclaire des ruines. Sa physionomie etait habituellement sombre et soucieuse, parfois bienveillante, mais toujours empreinte du sceau de la fatalité.

A peine Pauvrette venait-elle de passer, qu'un jeune elegant aborda le vieux portefaix en lui disant ·

— Vous porterez cette lettre à Mlle Pauvrette. Il n'y a pas de réponse.

— Monsieur, repondit le père Jerôme, vous arrivez un peu tard. Mlle Pauvrette est en route pour son magasin.

— Diable ! c'est fâcheux Enfin, vous lui remettrez la lettre ce soir quand elle rentrera La voici Ne la chiffonnez pas, et surtout ne la salissez pas avec vos mains noires

Sur cette dernière recommandation, faite d'un ton dédaigneux, l'élégant s'éloigna.

— Que peut vouloir ce jeune homme à Mlle Pauvrette ? se demanda le vieux portefaix en jetant un coup d'œil interrogateur sur le billet qu'il tenait. — Ah ! j'y suis ! C'est sans doute une commande de lingerie pour la mère de M. Charles. Mais non, reprit-il après une pause, cette dame n'a jamais fait travailler Pauvrette, elle ne la connaît même pas Qu'est-ce que cela peut être ?

Le père Jerôme en était là de ses questions et de ses réponses lorsqu'il fut comme foudroyé en apercevant

Pauvrette en pleurs à quelques pas de lui. Dès que la voix lui fut revenue, il l'appela, mais elle marchait toujours, n'écoutant rien et pleurant toujours. Enfin le père Jérome prit le parti de courir vers elle. Il la rejoignit à la porte de sa demeure

— Mademoiselle Pauvrette ! lui dit-il

— Que voulez-vous, mon brave homme? demanda la lingère la voix pleine de sanglots.

— J'ai une lettre a vous remettre.

— Une lettre ! s'écria Pauvrette, comme si ce mot eût eu pour elle une douloureuse signification.

— Oui, mademoiselle, la voici, dit le vieux portefaix en lui remettant la lettre de l'elégant

— Merci, père Jérôme, dit-elle en la prenant.

Et elle monta son escalier.

Quant au père Jérôme, il etait resté cloué au pavé, regardant monter la jeune lingère et cherchant toujours à deviner le motif de ses larmes.

Enfin, las de chercher et furieux de ne rien trouver, il se mit en devoir de bourrer sa pipe

— Double sot ! fit-il, n'aurais-je pas pu lui demander ce qui la chagrinait? Au fait, ça ne me regarde pas. Pauvre jeune fille ! il faut que ce soit quelque chose de bien grave tout de même .. elle qui est si gaie d'ordinaire !

Le père Jérôme allait imiter sa Pauvrette. Il sentait déja les larmes humecter ses paupières rouges lorsqu'il se hâta de fumer sa pipe.

C'était là le souverain remède, la panacée du vieux portefaix. Quand il lui venait à l'esprit quelque souvenir de jeunesse, quand il était rudoyé ou ennuyé, il fumait une *bouffarde*, et ses ennuis, ses dégoûts s'envolaient aussitôt en fumée.

Mais ce jour-là sa pipe, renouvelée plusieurs fois, ne fit pas diversion à son inquiétude. Il se rendit alors a son poste du boulevard Bonne-Nouvelle, et il regarda les passants.

Ce n'était pas les distractions qui manquaient au père Jérôme. Assis sur ses crochets, le dos soutenu par les barreaux du marchand de vin, le visage tourné vers les boulevards, ne voyait-il pas devant lui les scènes les plus variées, le plus brillant panorama de la civilisation?

Le mouvement perpétuel, le train continu des boulevards de Paris emplissaient son oreille d'un bruit éternel Mais Pauvrette revenait sans cesse à l'esprit du père Jérôme Il avait de singulières idées ou plutôt des lubies.

A travers ces cris, ces chants, ces conversations passionnées, ce frou-frou fiévreux du plaisir et des affaires, à travers ces immenses et folles rumeurs de la foule parisienne, il lui semblait toujours entendre le sourd gémis-

sement et la plainte de la lingère. Loin d'être émerveillé
par l'eclat des boulevards, par l'elégance et la beaute des
femmes, par l'or et les brillantes parures, il voyait dans
ces bijoux, dans ces richesses des larmes cristallisées .
les larmes de Pauvrette !

Décidement, rien ne pouvait distraire le père Jerôme.
Ce que voyant, il serra sa pipe et rentra chez lui. Nous l'y
suivrons

.

III

Il suffit a l'observateur d'un coup d'œil jeté sur un interieur pour apprecier la personne qui l'habite. A la
structure du nid on connaît l'oiseau. La symetrie ou le
desordre des meubles, le choix des tableaux, des ornements, la disposition des mille petites fantaisies de l'a-
meublement sont autant de portraits-miniatures des pre-
ferences, des goûts, des habitudes d'un individu.

L'interieur du vieux portefaix ne fournissait pas beaucoup a l'observation, il etait des plus sévères et des plus
modestes · un lit de sangle, une chaise et une table sur
laquelle s'étalait a l'aise un livre toujours ouvert, la Bible,
quoi encore? Deux vieilles gravures grossièrement enlu-

minees, unique tapisserie des murs. L'une, representant Jesus-Christ sur la croix, l'autre, Jean Huss, le reformateur, sur son bûcher

En proie à une de ces défaillances morales qui de temps a autre fondaient sur lui comme un orage et auxquelles il resistait difficilement, le père Jérôme, nous l'avons vu, avait quitte son poste plus tôt que de coutume Rentré chez lui, de funebres pensees l'assaillirent de nouveau.

A ces heures de profond decouragement, le desespoir le terrassait sur son grabat, la vie lui apparaissait avec son cortege de deceptions, de vains projets qui roulent dans le neant, les fantomes de sa jeunesse flottaient dans sa chambre, et le suicide se dressait devant lui comme une tentation satanique, lui soufflant à l'oreille ces cruelles paroles

— Vieillard honni et conspue, que fais-tu ici-bas? qu'espères-tu? C'est à peine si tes forces epuisees te permettent d'exercer ton triste metier de portefaix. Que sera-ce donc dans quelques années? Alors il te faudra mendier ton pain à l'orgueilleux, qui, en te voyant, s'eloignera avec un geste de degout. Oh! la belle destinee! la belle fin! Encore, si tu l'avais, *elle*, pour t'aimer, pour soutenir ta décrépitude, tu aurais quelques raisons de vivre Mais elle est perdue pour toi Tu ne la reverras jamais! Un vieillard a dit adieu aux plaisirs et aux agitations de la terre, mais autour de lui se pressent ses enfants, qui sautent sur ses genoux et le ravissent par leurs caresses.. Tandis que toi, vieillard méprisé, tu restes seul, sans amis, sans famille! Qu'il fait froid chez toi... On a moins froid dans la tombe! ..

A ces insinuations de son désespoir, le vieux portefaix répétait en serrant machinalement d'une main convulsive le manche d'un couteau-poignard . « On a moins froid dans la tombe! »

Alors il arpentait fievreusement ses huit pieds carrés en s'arrêtant tantôt devant la croix de Jesus, tantôt devant le bucher de Jean Huss. Il luttait contre son désespoir. Mais rien ne pouvait ebranler la resolution du père Jerôme

L'esprit frappé d'une idée ne s'arrête pas plus qu'un corps lancé sur une pente rapide Emporté par son hallucination, le père Jerôme aurait peut-être execute son sinistre projet, lorsqu'un violent sanglot, parti de la chambre de Pauviette, voisine de la sienne, reagit heureusement sur lui et le fit revenu tout à coup à la raison Son couteau s'echappa de sa main, il tomba à genoux, en fondant en larmes. La crise etait passée.

— Egoiste! s'ecria-t-il, tu ne souffies pas seul sur cette terre, couverte de martyrs, arrosée de sang et de larmes, et pourtant tu ne penses qu'à ton malheur! Puisque tu as commis le crime, tu dois subir courageusement le châ-timent. Seigneur, pardonnez-moi ce moment de faiblesse Je supporterai jusqu'au bout ma vie douloureuse et inu-tile Je vivrai, mon Dieu, dans l'espoir de votre justice infaillible !

Cette prière dite, le père Jérôme se releva, s'assit devant la table et ouvrit sa Bible.

La lecture apporta le calme et la sérénité dans l'âme du vieux portefaix.

C'était aussi en lisant une lettre de la maîtresse de son magasin que Pauvrette avait laissé échapper le sanglot qui avait frappe l'oreille du vieux portefaix. Voici le con-tenu de cette lettre ·

« Mademoiselle,

« Si j'avais connu plus tôt votre origine, vous n'eussiez « jamais compté au nombre de mes ouvrières. Je n'aurais « jamais permis a la fille d'un repris de justice de mettre « les pieds chez moi »

Comment dépeindre les douloureuses sensations de Pauvrette? Comment décrire son émotion à cette brutale révélation qui venait violer le chaste sentiment qu'elle avait voué a ses parents inconnus, l'autel filial qu'elle leur avait elevé au fond de son cœur ? Elle etait la fille d'un replis de justice .

À son entree a l'atelier, ses amies elles-mêmes s'etaient detournees d'elle en lui remettant la lettre de leur maîtresse

Si Pauvrette avait pu confier son secret a quelque parent, c'eût eté un allegement a ses maux. Mais il lui etait interdit de partager sa douleur avec qui que ce fût au monde Il fallait, au contraire, qu'elle cachât son humiliation a tous les yeux.

Ah ! la famille est une sublime consolation !· Lorsque votre âme est froissee par un monde egoiste et indifferent, lorsque vous êtes frappe dans la mêlée, vous accourez vite à votre foyer en vous ecriant — Je souffre ! — Du courage ! replique aussitôt la douce voix d'un pere, d'une mère ou d'une sœur. Et votre plaie se cicatrise

Mais Pauvrette n'avait pas de sœur pour lui crier courage, pas de père pour la guider, pas de mère pour l'aimer. Elle était sans famille !

Tout en se lamentant, Pauvrette tournait et retournait depuis un moment entre ses doigts effiles le billet doux que le pere Jerôme lui avait donne Elle voulait et elle ne voulait pas l'ouvrir, car elle se doutait de quelle personne il venait. Mais la curiosite aidant et plus encore le

desir d'apporter une diversion à ses chagrins, elle le de-
cacheta.

C'était, en effet, une lettre de M Charles de Lacaille.

O faiblesse humaine ! cette lettre impressionna vivement
Pauvrette, secha ses larmes, apaisa le mouvement preci-
pite de son cœur et lui donna du courage a l'ouvrage, car
elle se mit immediatement a savonner son linge Laver
son linge ! c'est bien prosaique, sans doute . Mais que
voulez-vous qu'une ouvriere devienne, a Paris, avec vingt
sous par jour, somme que son entretien exigerait deja,
lorsqu'elle doit la-dessus se nourrir et payer son loyer
Ce qu'elle devient trop souvent, on le sait . Mais Pauvrette, voulant rester honnête, lavait ses nippes !

D'ailleurs, son voisin, le père Jerôme le portefaix, veillait sur elle.

IV

Cependant Pauvrette possedait des voisins, partant des
amis, car on ne pouvait la voir sans s'interesser a elle
Cinq personnes demeuraient sur le meme carre que la
jeune lingere . Mlle Adèle, une couturière, André, un
maçon , un couple qui ne nous interesse nullement et

le père Jérôme dont la chambre était seulement séparée de celle de la jeune lingère par une mince cloison, c'est-à-dire par quelques lattes entre-croisées, enduites de chaux et recouvertes de papier, de sorte que le père Jérôme savait forcément tout ce qui se passait chez Pauvrette.

A Paris, presque tous les logements à bas prix ont cet inconvénient de vous livrer à la merci de votre voisinage.

Un ancien aurait voulu que les maisons fussent de verre. Aujourd'hui, son vœu est dépassé, on a trouvé le moyen d'en bâtir en carton.

Pauvrette se lamentait encore lorsque Adèle, la couturière, entra dans sa chambrette, en riant aux éclats

— Ah ! que je t'apprenne ! Ah ! ma chère, tu as inspiré une passion de roman à M. Charles. Il parle de toi à tout le monde. il en est fou à lier ! .. Et juge s'il t'aime pour le bon motif Il a refusé hier un riche parti que ses parents voulaient lui imposer... Tu es bien heureuse, Pauvrette, de plaire comme ça aux gandins... Je te jalouse, moi, sais-tu ?

A cette enfilade de mots jetés à la volée, la jeune lingère répondit doucement

— Tu aurais tort d'envier mon bonheur, ma pauvre Adèle, car il est bien triste !

— Ah ! mon Dieu ! s'écria la couturière, qu'as-tu donc ? La figure chiffonnée, des yeux rouges comme un lapin

blanc... on a pleuré ! Il y a un évenement sous cloche.
Conte ça bien vite à ta Dedèle

— Ma maîtresse m'a chassée de l'atelier.

— Chassée ! fit Adele en prenant une pose dramatique.
On ne chasse que les valets !

— Pourtant ma maîtresse n'avait jamais eu à se plaindre
de moi depuis deux annees qu'elle m'occupe

— Mais le pourquoi, le pour qu'est-ce ?

— Je l'ignore au juste On aura fait quelques mauvais
rapports sur mon compte

— Oui, des cancans, quoi ! des bavardages.. Comme la
petite Ernestine qui est allée dire a ma patronne que j'a-
vais des intrigues Oh ! les femmes ! c'est aussi mauvais
que les hommes. Mais faut pas t'abimer les yeux pour
ça, ma Pauvrette, tu retrouveras de l'ouvrage. La lingerie
va fort a présent Et puis il n'y a pas de danger que tu
manques de quelque chose maintenant que tu as conquis
le cœur d'un prince russe. Salut à la princesse Pauvrette!
Ah ! ris donc. . ris donc !

— Tu connais mes idees, Adele Jamais je n'en chan-
gerai à ce sujet Je ne veux pas me marier.

— Oui. . Tu espères toujours retrouver tes parents .
Ma Pauvrette, tu n'auras pas la chance de Fleur-de-Marie.
Pourquoi t'inquieter ? N'as-tu pas un bon parent sous la
main , un mari qui te rendra bien heureuse. Ce pauvre

M Charles ! comme il t'aime ! Il en desseche sur pied, quoi ! Je le trouve maigrot, gringalet. C'est bien sûr les ravages de la passion.

— Peux-tu croire, Adele, que M. Charles de Lacaille, si riche, d'une famille si elevee, consentirait a epouser une pauvre fille sans nom et sans dot ?

— Si je le crois ! mieux que ça, j'en suis certaine Pourquoi pas, d'ailleurs ? N'a-t-on pas vu des rois épouser des couturieres ?

— Il m'a ecrit. Tiens, voici sa lettre !

— Oh ! que c'est moule ! s'ecria Adele en prenant le morceau de papier des mains de Pauvrette.

— Oh ! la bonne odeur de rose .. non, de jasmin, ajouta la couturiere en flairant la lettre a plusieurs reprises. Voila des poulets aussi blancs et meilleurs que ceux en chair et en os Il te dit sans doute qu'il t'aime beaucoup, passionnement Quel style il doit avoir Comme il doit bien raconter ces choses-là !

— Tu es folle, Adele

— Le prince russe te demande-t-il un rendez-vous ?

— Oui.

— Il faut y aller avec moi.

— Pour qui me prends-tu ?

— Pour une novice Est-ce que je ne serai pas la, moi, la gardienne, ta duègne !

— M. Charles me demande la permission de monter chez moi, dit naïvement Pauvrette, dans le cas où je n'irais pas au rendez-vous dont il me parle. Mais je ne veux pas qu'il vienne, je ne le recevrai pas

— N'aie pas peur. Demain dimanche je serai toute la journée avec toi Sans trop trembler, vois-tu, Pauvrette, il faut toujours se défier des hommes. C'est trompeur et insinuant comme des serpents! Mais que M Charles ait le malheur de risquer un mot de travers, il aura affaire a moi!

— Oui... je te serai obligée de rester avec moi demain

— Je te le promets, ma chère

— Comment as-tu donc su, Adèle, que M. Charles avait refuse un riche parti?

— Il me l'a dit.

— Il te parle donc?

— Oui. . pour me demander de tes nouvelles.

— A ce moment, une grosse figure enluminée se montra a la porte entre-bâillée de la mansarde.

— Tiens! c'est André, s'écria la couturière.

— Bonsoir tout le monde et la compagnie! fit le maçon en ôtant son chapeau bossue et couvert de petits morceaux de platre qui tombèrent sur le carreau de la chambre

— Maladroit! s'écria Adele. Faites donc attention de ne pas salir notre appartement!

— Je ne suis pas ici chez vous, mam'selle la couturière répliqua André d'un ton sec.

On voit qu'il existait peu de sympathie entre la coutu-rière et le maçon. C'étaient, en effet, deux natures com-plétement opposées.

La couturière était bavarde, alerte a la réplique, ehon-tée. Ses cheveux bouclés à la Ninon, son regard auda-cieux, sa mise, ses manières, tout en elle annonçait une grisette. Il n'y avait que la naïve Pauvrette qui pût s'a-buser sur son compte.

Le maçon, au contraire, était lourd, emprunté, gauche dans ses gestes, d'une naïveté superbe dans la convei sa-tion Mais il rachetait amplement ces ridicules par une conduite irréprochable, un courage exemplaire au tra-vail et un cœur excellent. Pauvrette l'aimait comme un frere en malheur, car André était sorti des Enfants-Trouves.

Adèle, qui n'était pas d'humeur a se fâcher, releva les brusques paroles du maçon par cette plaisanterie de mau-vais goût :

— Quelqu'un vous a donc marché sur la patte, ce soir, monsieur André ? Vous êtes jovial comme l'ours du jardin des Plantes.

— Suffit ! dit laconiquement André

Voyons, André, soyez galant une fois dans votre

vie. Payez-nous le spectacle des Folies. On y joue une pièce de Paul de Kock Veux-tu y venir, Pauvrette ?

— Non, répondit la lingère, il faut que je lave

— C'est dommage, Paul de Kock est si amusant ! s'e-cria la couturière Eh bien ! Andre, mon petit André, ajouta-t-elle en passant ses deux bras autour du cou du maçon impassible dans sa gravite, faites un sacrifice a la beaute. Regalez-nous de cidre et de marrons . moins que ça ! six sous de galette du Gymnase ! Ah ! vous ne refuserez pas !

— Je suis fatigue de remuer des moellons, repondit Andre, sans sourciller ni bouger Je vais me coucher.

— Va donc, vilain ours ! s'ecria la couturière en donnant un coup de sa main gauche à plat sur l'enorme chapeau du maçon dont la tête disparut comme sous un boisseau.

Pauvrette ne put retenir sa gaieté. Elle rit de bon cœur de la deconvenue du pauvre Andre.

— Adèle ! Adèle ! criait le maçon furieux en se débattant d'une maniere comique pour degager sa tête de l'obscurite Vous me payerez cher ce tour-la !

Mais la couturière ne l'entendait plus Aussi leste qu'une gazelle, elle etait rentrée dans sa chambre dont elle avait fermé la porte à double tour.

— Vous me payerez cher ce tour-là, Adèle ! repeta

Andre sur le palier. Gare a vous ! Je vous abîmerai vos effets, je fracasserai votre beau bonnet des dimanches!

N'obtenant, pour reponse a ses menaces, que de bruyants eclats de rire, Andre rentra depité En voyant Pauvrette en gaiete, il resta ebahi au milieu de la chambre.

— Vous riez aussi, mam'selle?... lui dit-il d'un air etonne.

— Ne me reprochez pas ce moment de distraction, Andre, j'ai ete assez triste aujourd'hui.

— Moi ! vous reprocher de vous amuser à mes depens, balbutia Andre Mais pour vous être agreable, mam'selle, je me jetterais au feu !... Vous dites que vous avez eu de la peine, mam'selle Pauvrette ?

— On m'a renvoyee de mon atelier.

— Ne vous tourmentez pas pour si peu de chose. J'ai deux bras qui en valent quatre, et tant qu'Andre aura de la besogne, vous ne manquerez de rien. Je serais si heureux de partager avec vous, mam selle Cette pensee me donnerait du courage Je travaillerais double Entre nous, mam'selle Pauvrette, c'est de frère a sœur Je vous aime comme un frère ..

Le maçon s'arreta court à cette dernière phrase Depuis longtemps il avait declare sa passion a la jeune lingère, mais commençant toujours sa declaration par *Je vous aime comme un frère*, il ne pouvait aboutir, il rougissait jusqu'aux oreilles et se taisait.

— Je le sais, mon bon Andre, répondit Pauvrette à la déclaration fraternelle du maçon.

— Que ça doit être ennuyeux. mam'selle, fit André, qui cherchait un sujet de conversation pour dissimuler son embarras, de s'entendre dire à la mairie, au moment de se marier : *Père et mère inconnus.*

— Oui, repondit brusquement Pauvrette, que ces sottes paroles replongerent dans la tristesse.

—Enfin, mam'selle Pauvrette, nous avons aussi un père et une mere comme tout le monde. Mais ou se cachent-ils ? ou les denicher ? Bien sûr, mam'selle, que papa exerce l'etat de maçon. Le goût de la maçonnerie m'aura passe dans le sang Oh ! la maçonnerie ! J'en raffole, quoi ! A chaque vieux maçon que je rencontre, je lui demande s'il ne se rappelle pas avoir eu un fils inconnu dans mon genre. Bien sûr, papa est maçon , mais ou maçonne-t-il ? Voila la question. Qui sait ? Peut-etre en Afrique. Et le vôtre, mam'selle, quel metier croyez-vous qu'il a ?

— Je ne sais pas, repondit Pauvrette, le cœur gros de larmes.

Andre s'aperçut de sa maladresse

—Mam'selle Pauvrette, reprit-il, pardonnez-moi de vous avoir bavardé de ces choses-la... Je suis un sot, un animal... Je suis fatigué, je vais me coucher. Bonsoir, mam'selle Pauvrette, dit le maçon en tendant sa main calleuse a la lingère

— Bonsoir, Andre, à demain, dit amicalement Pauvrette en mettant sa petite main dans celle du maçon

Andre sortit Pauvrette ferma sa porte a clef derriere lui.

A ce moment, le pere Jerôme fermait aussi la sienne. Le vieux portefaix avait écoute la conversation d'Adele et de Pauvrette, il pressentait qu'un piége etait tendu sous les pas de la jeune lingère, qu'un reptile cherchait à l'enlacer de ses replis.

Le père Jerôme veillait.

Pendant que ces scenes se passaient a la mansarde, il s'en jouait une autre au salon du premier etage de la même maison qui est pour ainsi dire la contre-partie de celles-ci. Descendons quatre etages, s'il vous plaît !

D'abord, un mot d'explication sur le personnel du premier etage

M. Babolin possédait la constitution morale la plus elastique du monde, aussi avait-il toujours su adroitement tirer son epingle du jeu embrouille des circonstances. Par son adresse et son talent, il avait fourni une carrière assez éclatante dans le barreau.

Au moment ou nous prenons cette histoire, l'ancien avocat Babolin se nommait le comte de Lacaille, comte représenté par un hameau et une immense propriété foncière dans le département de Maine-et-Loire, le tout payé par la dot d'une riche bourgeoise qu'il avait épousée en 1830 et dont il avait eu un unique rejeton.

Mme Babolin, fière de son nouveau titre de comtesse, mena a Paris un train des plus aristocratiques et ne songea plus qu'à marcher de pair avec la noblesse du faubourg Saint-Germain. La chronique s'empara aussitôt des ridicules et des faiblesses de l'orgueilleuse comtesse, qui descendait parfois, a ce qu'il paraît, des hautes régions pour sourire a de simples mortels Lorsque Jupiter Babolin était a son tribunal, lançant ses foudres, roulant ses yeux dans leurs orbites, ébranlant les colonnes du Palais par les éclats métalliques de sa voix, Junon Babolin recevait d'assidus courtisans. Mais nous nous taisons sur ce sujet, n'ayant a nous occuper spécialement que du rejeton Babolin Charles de Lacaille, gâté par sa mère, n'avait jamais voulu mordre à la pomme de l'arbre de science Grâce aux protections de son père, il s'était fait recevoir avocat; mais depuis sa réception, il n'avait pas daigné

une seule minute s'occuper de chicane. Sa vie etait tout
entiere consacree au plaisir Quand par hasard un de ses
amis l'interrogeait sur la nature de ses travaux :

— Je fais rouler les écus de mon pere, repondait-il avec
orgueil.

— Quel jeune homme ravissant ! s'écriait en le voyant
Mme de Châteauvert, une vieille marquise du faubourg
Saint-Germain qui avait jeté la discorde entre Charles et
ses parents en se montrant disposee a lui donner en mariage sa fille très-laide, mais très-riche.

Charles se montrait peu empressé de realiser ce beau
projet Quant a Mme de Lacaille, elle convoitait ardemment
une alliance qui devait souder sa noblesse de contrebande
a l'une des plus vieilles noblesses de France. De la la
guerre de famille. Voulant a toute force convertir son fils
a ses ambitieux projets, la comtesse le fit appeler ce jour-
la au salon.

Le premier etage de la rue Beauregard , dont nous
connaissons deja les mansardes, etait divisé en deux logements ayant chacun son entrée particulière. Charles
communiquait, par son cabinet de toilette, aux apparte-
ments de ses parents, et par sa chambre a coucher au
dehors, sur le palier, ce qui lui permettait de recevoir ses
amis en toute liberté.

Le logement de M. Baholm était distribué dans cet or-

6

dre . une salle d'entrée, une cuisine, une salle à manger, un salon et deux chambres à coucher Le salon offrait à l'œil un carré long L'ameublement en était riche et de bon goût. La musique y était représentée par un magnifique piano et les partitions des opéras en vogue, la peinture par une guirlande de tableaux des célébrités modernes.

Etendue sur un moelleux canapé le long de la cheminée, le corps renversé, les pieds tournés vers un feu ardent, la main gauche armée d'un écran, la comtesse réfléchissait aux moyens efficaces de convaincre son fils de la nécessité de son mariage avec Mlle de Châteauvert, dont elle l'avait déjà entretenu sans succès Cette fois, elle résolut de changer de tactique et de se montrer plus sévère que par le passe.

Cette femme sèche, maigre, ridée, contrastait singulièrement avec l'air de jeunesse et de fête qu'offrait l'aspect du salon.

La comtesse fit demander son fils, qui passa immédiatement au salon.

— Je me rends à vos ordres, ma mère, dit Charles en s'asseyant sur un canapé en face de Mme de Lacaille

— Pourquoi donc, dit la comtesse d'un air mécontent, ne vous a-t-on pas vu au dîner, monsieur ?

— Ma mère, mes amis m'ont retenu.

— Belle raison de préférer à ses parents ses amis, ou ses maîtresses, n'est-ce pas ? dit la comtesse avec un sourire sardonique.

— Ma mère, une telle pensée !... fit Charles en regimbant contre le trait acéré de la comtesse.

— Mon Dieu ! dit Mme de Lacaille en battant en retraite devant la fière susceptibilité de son fils, vous savez que je n'ai jamais été un censeur trop sévère à votre égard. Votre conduite en est la preuve évidente

— Vous ne voulez pas, je pense, faire de moi un moine de la Trappe. Laissez-moi donc mener la vie joyeuse et indépendante jusqu'à ce que je m'en lasse moi-même.

— C'est-à-dire, interrompit la comtesse, jusqu'à ce que vous ayez consommé votre ruine

— Ma ruine !

— Vous y marchez à grands pas, mon fils, si ce train d'existence continuait, avant un an nous ne pourrions peut-être plus soutenir notre rang à Paris .. Vous contractez d'énormes dettes qu'il faut payer pour sauvegarder notre réputation Et toutes ces prodigalités, où vont-elles s'enfouir, je vous le demande ? Dans un gouffre de ridicules débauches A qui les distribuez-vous ? A des femmes sans nom, à des amis hypocrites qui exploitent votre générosité

— Ma mère, s'écria Charles, en se levant furieux de

son fauteuil, je ne puis supporter plus longtemps des reproches qui se renouvellent chaque jour. Vous me har-
celez sans relache Il faut en finir pourtant avec cette
existence insupportable. Soyez satisfaite Demain j'aurai
quitté cette maison pour n'y plus rentrer.

Et Charles fit un pas vers la porte.

— Mon fils! s'ecria la comtesse, en s'elançant vers lui,
n'obeissez pas à une folle colère. Voudriez-vous hater
notre fin en nous privant de la presence de notre unique
enfant?.. Revenez a de meilleurs sentiments. Puisque
vous vous plaignez de mes remontrances, a l'avenir je ne
m'enquerrai nullement de votre conduite, je vous laisserai
libre, absolument libre Mais je vous en conjure, Charles,
au nom de votre salut, au nom du rang eminent que vous
tenez dans la société, prevenez notre ruine et la vôtre en
épousant la fille de la marquise de Châteauvert

— Pourquoi insister sur ce point, ma mère? Je vous
ai deja dit que cette union me deplaisait.

— Avez-vous songe serieusement a la position que la
fortune de Mlle de Châteauvert vous assurerait? Trois cent
mille francs de dot!

— C'est très-beau, sans doute, dit Charles, mais Mlle de
Châteauvert est si laide! ajouta-t-il comme correctif

— Mon Dieu! vous vous y habituerez! s'ecria naïvement Mme de Lacaille. Avec cette fortune, ne pourriez-

vous pas, d'ailleurs, satisfaire vos goûts dispendieux,
jusqu'aux moindres de vos caprices — Allons, mon fils,
faites un sacrifice à votre avenir, a votre famille. Vous
consentez, n'est-ce pas, a venir lundi avec nous rendre
visite a la marquise de Châteauvert ? Nous lui demande-
rons officiellement la main de sa fille.

— Eh bien ! oui, ma mère, j'y consens, dit avec effort
Charles de Lacaille.

Jouant d'abord la femme indignee, puis la bonne mère,
la comtesse, qui connaissait à fond le caractère irresolu
de son fils, avait pleinement reussi avec cette tactique
de brusque transition. Profitant des avantages qu'elle venait d'obtenir, elle voulut pousser encore plus loin son
succes.

— J'ai une dernière prière a vous adresser, dit-elle d'une
voix caressante à son fils.

— Laquelle ? parlez, ma mère, dit Charles.

— C'est de ne plus vous occuper de cette petite grisette
du cinquieme .. Vous abaissez votre dignite, mon fils, en
courtisant la fille d'un criminel !

— Cela ne l'empêche pas d'être charmante ! repondit en
riant le jeune homme. Mais comment avez-vous donc su
son origine ?

— Ne vous l'ai-je pas déja dit?... Sa mère adoptive
morte depuis deux ans, etait dame de charite de notre

paroisse Elle me raconta l'histoire de cette Pauvrette, de quelle manière elle l'avait recueillie après la mort de sa mère a l'hôpital, et l'infamie publique de son père, Jerôme Lenoir, un miserable que M de Lacaille fit condamner pour faux devant la cour d'assises de la Seine.. Je vous recommande donc instamment, Charles, de ne point vous compromettre avec cette petite fille, car si le bruit en arrivait, par malheur, aux oreilles de la marquise, nous serions perdus!

— Soyez assuree, ma mere, dit Charles, que je ne compromettrai pas mon mariage

A cet instant, les battants de la porte du salon s'entr'ouvrirent pour donner entree a M. Babolin de Lacaille

La comtesse alla radieuse au-devant de lui, en lui disant seulement ces trois mots

— Notre fils consent!

Le comte, bondissant de joie a cette nouvelle inattendue, courut serrer la main de Charles

— Bien! bien! mon fils! lui dit-il avec une effusion cordiale qui ne lui etait pas habituelle Ta bonne resolution arrive a propos

Le reste de la soiree se passa en propos de famille inutiles a rapporter

A onze heures, Charles se retira Il etait a peine entre

dans sa chambre qu il entendit frapper trois coups discrets
a sa porte.

Il alla ouvrir

C'etait Adele la couturière.

— Bonsoir, monsieur Charles, dit-elle en se jetant sans
façon dans un fauteuil.

— Eh bien ? eh bien ? questionna Charles avec une fe-
brile impatience. Quel résultat ?

— Ah ! mais, dit Adèle en s'etalant a l'aise dans son fauteuil, vous êtes trop presse d'en finir Donnez-moi le temps
de souffler

— Repondez-moi, Adele, ne faites pas l'enfant, répliqua
Charles moitie menaçant, moitie suppliant Voyons, quelles
nouvelles ?

— Merveilleuses, delirantes !

— Vrai ! Pauvrette ?...

— Eblouie, fascinée, subjuguee ! s'écria la couturière
en jetant ses bras en l'air

— Le moyen a donc reussi ?

— Parfaitement

— Ma lettre ?

— Elle l'a devoree

— Soupçonne-t-elle la personne qui l'a fait renvoyer de
son atelier ?

— Pas le moins du monde Elle est a cent lieues de

croire que c'est vous qui avez instruit sa patronne par une lettre anonyme qu'elle est la fille d'un forçat

— Nous avons bien mené l'affaire

— En roués ! Je l'ai trouvée pleurant sur ses infortunes Je l'ai consolée en lui disant que vous l'aimiez avec délire Je n'ai pas arrête ma langue sur votre compte, je vous ai montre en beau, en phenix   . Je lui ai juré, ce qui est vrai, que vous aviez refusé à cause d'elle un riche parti. Du reste, elle est si simple qu'elle croit tout. Elle a perdu la tête !

— M'accorde-t-elle le rendez-vous que je lui demande ?

— Oh ! non : un rendez-vous, ça lui fait peur Mais demain, je passerai la journee avec elle, de sorte qu'elle agira selon ma volonte. Vous comprenez ? Je pourrai facilement l'entraîner a un bal... ou vous la rencontrerez. par hasard... a l'Opera ! Les lumières, la musique, les danses l'eblouiront, elle se troublera, et, sous pretexte de la reconduire chez elle, nous l'entraînerons en voiture.

— A mon pied-à-terre

— Bien combine, Lovelace ! Vous réussirez, monsieur, et a present, je ne sais pourquoi j'en ai des remords..

— Des remords !

— Sans doute. Pauvrette est mon amie, après tout, et je m'en voudrais toute la vie de la voir malheureuse par ma faute.

— Etes-vous bien sure que Pauvrette ne manquera pas a ce rendez-vous? .

—Comme de moi-même A propos, j'y pense, mon petit. ajouta la rusee couturiere en remuant le pied... j'aurais besoin d'argent..

— Pourquoi faire? demanda Charles

— Parbleu! pour payer mon terme Gueux de proprietaire! Je parle de votre pere . Demain, c'est le 8, et le papa Lacaille ne badine pas, d'autant plus que je lui en dois déjà deux ..

— Vous recevrez demain la quittance de vos trois termes, je vous le promets, Adèle.

—Quel bon garçon! . s'ecria la couturiere, et le fin cachemire? ..

— Vous l'aurez, si demain vous etes a votre role.

— Oui . Demain, Pauvretté, le cachemire .. l'Opera, la danse a tout rompre! .. Allez! . la musique!

La couturière se leva de son siege et exécuta, comme prelude de l'Opera, un leger pas au milieu de la chambre.

Charles de Lacaille riait comme un fou.

Minuit sonna en ce moment La couturière se retira, et Charles referma la porte sur elle

Adele remonta sans bruit a son cinquieme etage ou Pauvrette dormait du sommeil du juste, sans avoir le plus leger soupçon ni le moindre pressentiment du complot

qui venait de se tramer et qui menaçait à la fois son existence et son bonheur

Pauvrette dormait Mais le père Jérome veillait Il lisait
encore sa Bible !

VI

Elle qui, d'ordinaire, était si enjouée, elle qui fredon-
nait toujours quelque gai refrain, Pauvrette, assise devant
sa table à ouvrage, raccommodait tristement une vieille
robe. La cause de sa tristesse, on la connaît. Ce n'est
plus, à présent, l'insouciante fille oubliée, perdue sur
le pavé de Paris Elle connaît son origine   elle est la
fille d'un criminel ! La joie a fui de sa mansarde, le drame
de sa vie commence !

Un billet, glissé à la hâte par une main inconnue sous
sa porte, vint distraire un instant Pauvrette de sa mélancolie.

Elle se leva de sa chaise pour le ramasser.

La suscription du billet portait ces mots soulignés.

« *Conseils d'un ami à Mlle Pauvrette* »

La jeune lingère l'ouvrit et lut

« Mademoiselle,

« Un piege est tendu sous vos pas. Veillez à votre honneur. Les paroles doi ées cachent presque toujours de perfides intentions   »

Pauvrette avait a peine acheve la lecture de ce billet
anonyme que tiois coups retentissaient a sa poite, et
piesque aussitôt Charles de Lacaille entra

A sa vue, les joues pâles de la jeune lingère se colorè-
rent d'une vive rougeur. Elle paiut très-agitee. Elle iestait
immobile au milieu de la chambre, n'osant ni marcher ni
s'asseoir. Etait-ce la peur ou une douce emotion qui la ie-
tenait a ce point craintive?

Charles la tiia de cette situation peiplexe en s'avançant
veis elle d'un air respectueux.

— Mademoiselle, lui dit-il, ma presence, je le vois,
vous cause quelque surprise. Permettez-moi de vous l'ex-
pliquer.

Pauviette ne repondit pas.

— Hier, mademoiselle, ieprit Charles, sans êtie decon-
ceite pai ce silence, je vous vis rentrei dans cette maison
les larmes aux yeux J'en fus si vivement emu que j'eus
l'indiscretion d'en demander le motif a votie amie Mlle Adele.

Elle me repondit que vous aviez ete congediée de votre magasin. Si telle est la cause de votre affliction, mademoiselle Pauvrette, sechez vite les larmes qui voilent vos beaux yeux, que la paix et la joie rentrent dans votre cœur Vous avez en moi un ami qui sacrifierait sa vie pour vous preserver des atteintes de l'infortune. Dites un mot, et tout ce que je possede est à votre disposition.

A cette offre maladroite, Pauvrette, revenue de son embarras, repondit simplement, dignement

— Monsieur, je n'accepte de fortune que celle que je gagne par mon travail de chaque jour. Et quoique je sois très-pauvre, croyez bien que ce ne sera jamais une perte d'argent qui me fera pleurer.

Charles de Lacaille s'aperçut alors qu'il s'etait completement fourvoye Il changea de route.

— Mademoiselle, repliqua-t-il avec une émotion feinte, j'ai suppose que la vive affection que vous m'inspirez m'autorisait a vous demander la confidence de vos peines Je ne croyais pas non plus blesser votre susceptibilite en mettant a vos pieds une amitie sans bornes. Il en a ete autrement. Vous ne m'avez pas compris. Veuillez donc me pardonner ma demarche et mes paroles A l'avenir, je ne m'exposerai point a votre colere. Dusse-je en mourir de désespoir, j'imposerai silence a mes sentiments je mettrai le scelle sur mon cœur.

Après cette tirade sentimentale lancée avec le clignotement d'yeux, la voix féminine et les gestes de bon ton d'un jeune premier de théâtre, Charles de Lacaille fit une fausse sortie, comme on fait à la scène

— Monsieur ! . dit timidement Pauvrette attendrie par l'hypocrite désespoir du jeune homme

Charles se retourna Il jeta sur Pauvrette le coup d'œil exercé du séducteur Au son de voix de la jeune lingère, à son sein gonflé d'émotion, à sa pose embarrassée, Charles jugea que le coup avait porté Il ne s'agissait plus que d'enlever la redoute par un dernier assaut.

— Mademoiselle, dit-il en revenant vers Pauvrette, me serais-je trompé? N'auriez-vous aucune colère contre moi?

— Non, monsieur, je vous assure, répondit la naïve lingère

— Vous me rendez le plus heureux des hommes ! s'écria Charles Voir un ennemi en celui qui vous aime à en devenir fou.. Oh' c'était impossible Que cet aveu ne vous offense pas, mademoiselle Il y a trop longtemps qu'il m'étouffe ! Oui, je le jure en votre présence et devant Dieu, Pauvrette, malgré les préjuges qui nous séparent, en dépit de ma famille, de tout le monde, vous possédez ma foi, mes pensées, mes affections, et je n'aurai jamais d'autre femme que la jeune fille que je respecte comme une créature angélique, que vous êtes, Pauvrette !

7

— Monsieur Charles, repliqua Pauvrette confuse, vous qui etes d'une famille noble, comment avez-vous pu penser à une fille pauvre et ignorante comme moi? .

— Pauvrette, n'en sais-tu pas assez pour aimer qui t'aime? Et n'est-ce pas la plus belle science de la vie?

Contre son habitude, le fils Lacaille avait trouve quelque chose de vrai. Aussi ses paroles eurent-elles un echo dans le cœur de Pauvrette, qui balbutia :   .

— Je ne sais pas .. monsieur.

— Tu t'ignores, reprit Charles plus audacieux. Je donnerais ma fortune pour un regard de tes beaux yeux, ma vie pour un souille de ta jolie bouche, pour une heure passee pres de toi! .

Comme on le voit, la conversation s'engageait sur un terrain brûlant. Le fils du procureur s'enhardissait deja à prendre la main de Pauvrette, lorsque Andre ouvrit brusquement la porte de la mansarde en répetant sa formule ordinaire

— Peut-ou entrer?.. Bonjour tout le monde et la compagnie. .

Le dandy et le maçon se lancèrent reciproquement de furieuses œillades.

— Voilà l'ouvrier! se disait Charles furieux d'avoir ete derange en si bon chemin par Andre. C'est grossier, sans education ni respect humain !

— Voila les élegants ! pensait de son côté Andre furieux aussi de rencontrer un rival sur ses brisees C'est pommadé, frise, apprête .. Des bottes vernies, des gants jaunes, des paletots premier numero, mais rien dessous !

— Mademoiselle, dit Charles à Pauvrette, permettez-moi de prendre conge de vous.

— Excusez si je ne vous reconduis pas, monsieur Caille ! fit Andre d'un ton goguenard

Charles ne daigna pas repondre a cette apostrophe du maçon. Craignant de s'en attirer de plus graves, il se retira prudemment.

En sortant, Charles vit le pere Jerôme qui avait l'air de monter la garde sur le palier, près de la chambre de Pauvrette. Il eut encore a essuyer de sa part une nouvelle bordee d'œillades.

Quant a la jeune lingère, elle avait repris son travail

Andre, visiblement emu, froisse dans ses sentiments les plus intimes, s'approcha d'elle Les efforts inouis qu'il faisait pour contenir l'expression de sa colère lui donnaient une physionomie comique

— On se pousse dans le beau monde, a ce qu'il paraît ! dit-il grossierement a Pauvrette On voit des gants jaunes. Plus que ça de genre !

— C'est la premiere fois de ma vie, dit-elle, que je suis insultee. Monsieur Andre, vous n'êtes plus mon ami.

— Au contraire, mam'selle, repliqua le maçon, si je n'etais pas votre ami, je ne vous ferais pas de remontrances C'est moi qui vous le dis, mam'selle, vous avez tort de vous laisser enjôler par M. Charles Tout a l'heure il vous prenait la main malgre vous, et si je n'etais pas arrive a temps .

— Andre, vos suppositions sont outrageantes, interrompit Pauvrette M. Charles m'a declare respectueusement son amour Il ne s'est permis aucune liberte.

— Son amour ! son amour ! repeta le maçon, que ces mots damnaient Ils sont tous tailles sur ce pation-là C'est ceux qui bavardent le plus de leur amour qui aiment le moins. De vrais contes, quoi !

— Qu'en savez-vous ? dit la lingere, piquee au jeu D'ailleurs, ne suis-je pas libre de ma personne ? Si vous ne trouvez pas ma conduite a votre convenance, Andre, vous n'êtes pas force de me frequenter.

Ces cruelles paroles tomberent comme une pierre de taille sur la tete du maçon. Il en resta quelques moments etourdi

— C'est ça ! c'est ca ! dit-il d'une voix où perçaient les larmes, vous me meprisez a present, je ne suis pas assez cossu pour vous Un maçon ! . un gâcheur ! ça ne vaut pas un beau monsieur bien mis ! L'orgueil est deja entre bien avant dans votre cœur, mam'selle. Vous me

chassez, moi qui depuis tantôt deux ans vous sers de
frère Vous étiez toute ma famille, mam'selle Je vous
aimais comme une sœur A present, je n'ai plus personne
Il ne me reste plus que la chance de retrouver papa   Je
vais chercher papa !

— Andre, je ne vous chasse pas Seulement vous avez
eu tort de soupçonner ma conduite.

— Mam'selle, c'est plus fort que moi. Je ne peux pas
souffrir ce monsieur Charles Les gants jaunes agissent
sur mes nerfs   Nous serions toujours en dispute. Il vaut
mieux nous séparer Adieu, mam'selle . Moi qui vous
aimais comme une sœur !

Andre aurait bien du ajouter *plus qu'une sœur* Mais ce
maudit secret ne pouvait sortir de sa gorge, on eut dit
qu'il l'eût etranglé en passant Le maçon se sauva pour
ne pas repandre devant la lingere les grosses larmes qui
pendaient a ses cils

En sortant, il se croisa avec Adele

— Salut a la princesse Pauvrette ! s'ecria la couturiere
en franchissant le seuil de la mansarde Ah ça, qu'est-il
donc arrive a ton lourdeau d'Andre? Il a une figure de
caniche, aujourd'hui !

— Il s'est emporté , parce qu'il m'a trouvée en tête-
a-tête avec M Charles

— Voyez donc le beau tuteur ! un maçon ! un butor !

— C'est égal, j'ai eu tort de le rudoyer et de ne pas l'écouter. Pauvre garçon, il m'aime tant ! Je vais le rappeler

— Non, non . Laisse-le. Il reviendra de lui-même, et cette petite leçon le corrigera pour l'avenir, le rendra moins grossier Ah ça, dis-moi, tu as vu M Charles?

— Oui. . Je regrette beaucoup que tu n'aies pas été là Je ne savais que lui répondre Tu m'avais pourtant bien promis de passer la journée avec moi.

— Qui aurait cru que le galant aurait été si matineux, comme on dit *cheu* nous? Et puis je suis restée plus longtemps que je ne croyais au Temple J'en ai fait de ces emplettes ! Tiens, regarde ! termina la couturière en montrant à Pauvrette un paquet que son châle avait jusque-là couvert

— Oh ! tu as donc acheté tout le Temple ! s'écria Pauvrette Voyons, voyons, si tu as eu bon goût

— Tu vas en juger , dit la couturière en dénouant sa serviette et en étalant des chiffons éclatants sur la table de la lingère.

— Des costumes ! fit Pauvrette.

— Oui, ma chère, deux costumes. Un de pierrette, un autre de camargo.

— Pourquoi faire ces déguisements? demanda Pauvrette

— Parbleu ! pour se déguiser, pour prendre ses ébats dans le royaume de Musard, à l'Opéra ! Ah ! ma chère, si tu connaissais l'Opera, tu n'en voudrais plus sortir. Une fois qu'on y a mis le pied, on y vivrait eternellement. Eh bien ! comment trouves-tu mes costumes ?

— Charmants

— Lequel prefererais-tu des deux ?

— La camargo.

— Essaye-le donc

— Folle.

— Histoire de rire.

Adele insista tellement, flatta si adroitement la passion dominante de Pauvrette, la coquetterie, qu'elle triompha de sa resistance Alors commencerent les mille details de la toilette Adele conseillait de placer ce ruban de telle façon, Pauvrette voulait le mettre de telle autre Bref, après des pourparlers sans nombre la toilette de la camargo s'acheva.

Pauvrette etait ravissante sous ce costume De petits souliers vernis a rosettes chaussaient son pied mignon. La sous-jupe de soie rose relevee de droite et de gauche, agrafee a la jupe par une touffe de rubans, decouvrait une jambe admirablement faite, le corsage en soie bleue dessinait parfaitement sa taille flexible, et son petit chapeau de velours s'harmonisait a merveille avec sa coiffure a l'anglaise

— Tu es gentille a croquer sous ce deguisement, lui dit Adèle.

— Vrai? fit Pauviette avec fierte

— Mais il te manque quelque chose .

— Quoi donc? demanda Pauviette.

— Ceci! dit Adèle en ouvrant un ecrin qui contenait une paire de boucles d'oreilles et un bracelet en forme de serpentin, le tout en faux

—Oh! que c'est beau! que c'est beau! s'ecria Pauviette en devorant les bijoux des yeux. Ces bijoux t'appartien-nent, Adèle?

— Je les ai loués au Temple Tiens! je veux voir sur toi l'effet qu'ils produisent

— Non! non! je ne veux pas, dit a regret Pauviette

Malgré son refus, Adèle acciocha les boucles aux oreilles de la lingèie

— Regarde-toi maintenant, lui dit-elle

Pauviette se plaça en face de son morceau de miroir

—Quel dommage, dit-elle, que je ne puisse voir que la moitie de ma figure!

— Tu te mireias plus a l'aise ce soir dans les glaces de l Opera . .

— L'Opéra? interiompit Pauviette.

— Sans doute Je t'emmene avec moi Je veux que tu fasses connaissance avec le bal de l Opeia Figuie-toi, ma chère, un viai paiadis! — Mais a mon toui il faut que je me deguise Nous n'avons pas trop de temps, il est deja tard Allume la chandelle, Pauvrette

La lingère obeit a l'injonction de son amie, qui revêtit son costume de pierrette

— Maintenant, dit la couturiere, en attendant l'heure du bal, nous allons nous lester l'estomac d'un pâte de Lesage et d'une bouteille de bourgogne.

Les comestibles annonces furent tires d'un cabas qu'A-dele avait apporte avec elle La pierrette et la camargo s'attablerent aussitôt

Adele devorait gaiement les morceaux, mais Pauvrette n'avait pas le même entrain Un secret pressentiment l'a-vertissait qu'elle avait tort d'aller au bal de l'Opera Le billet du matin lui revenait a la pensee Mille inquietudes agitaient son cœur. Par malheur la coquetterie faisait taire toutes les voix salutaires de sa conscience en lui montrant le plaisir, l'orgueil d'être admiree la ou etaient le danger et la chute

— Tu ne manges pas, dit la couturière a son amie. As-tu mal aux dents . ou plutôt ne trouverais-tu pas mon pâte de bonne pâte?

— Au contraire, il est excellent.

A cet instant, les jeunes ouvrieres entendirent des cris, des chants bruyants jetes au vent par une troupe de joyeux

enfants du carnaval qui passaient dans la rue Beauregard.

— Vive la gaiete ! s'ecria Adèle, que ce concert carna-
valesque mit en verve. Allons-nous nous en donner ce
soir, hein, ma petite Pauvrette ?. Je n'y tiens plus, moi
Partons-nous ?

— Quand tu voudras.

— En route, la pierrette et la camargo !

Au moment ou les jeunes ouvrières se préparaient à
sortir, le pere Jerôme, l'œil ardent, les traits alteres par
une forte émotion, entra soudainement.

— Vous m'avez appele.. je crois .. dit-il en s'adressant
à Pauvrette

— Vous avez rêve ça, l'ancien ! lui repliqua Adèle. Est-ce
que vous êtes sujet aux visions, mon brave ?

— Mademoiselle Pauvrette, dit severement le vieux
portefaix, souvenez-vous du billet de ce matin !

Pauvrette palit et tomba accablée sur une chaise Au
même moment, le concierge de la maison appela le père
Jerôme.

— Tenez, dit Adèle au vieux portefaix d'un air goguenard, cette fois on vous appelle. Vous ne rêvez pas comme
tout a l'heure !

Le père Jerôme jeta un dernier coup d œil a Pauvrette,
puis il s'eloigna.

, — Decidement, dit la lingere en commençant a se desha-
biller, je ne vais pas au bal J'aurais peur au milieu de tout
ce monde

Cette nouvelle resolution de Pauvrette derangeait tout
a fait les combinaisons d'Adèle, qui avait promis a Charles
de Lacaille de la conduire le soir meme a l'Opera Cependant elle ne laissa rien percer de sa contrariete, et elle
repliqua a la Lingere de l'air le plus naturel du monde ·

— Peur ! et de quoi ? Des galants qui se disputeront a
l'envi l'honneur de danser avec toi ? . Il ne faut jamais
craindre le plaisir Pauvrette !

— Cependant, Adele, on peut quelquefois se laisser en-
trainer plus loin qu'on ne le voudrait

— Simple ! ne serai-je pas la, pres de toi ? Tu sais, j'aime
la folie, mais quand il s'agit de faire passer la jambe a
l'honneur, ça change de gamme Halte-la ! nous sommes
deux ! Ainsi, ne vous effarouchez pas, belle colombe,
avec moi vous etes en surete

- Tu me rassures un peu, Adele, mais .

— Pas de mais ! interrompit la couturiere Il faut que
tu viennes a l'Opera, ou je ne te reconnais plus pour mon
amie .

— Tu ne me quitteras pas d'une semelle ?

— Non, je te le jure . Partons !

Et ce disant, Adele entraina Pauvrette hors de sa chambre.

Près de la loge du concierge, les jeunes ouvrières mar-
chèrent à pas de loup, en retenant leur respiration, comme
des malfaiteurs en expédition

Pendant que ceci se passait à la mansarde, la comtesse
de Lacaille agissait de son côté pour empêcher son fils de
se lier avec celle qu'elle appelait dédaigneusement la *fille
du forçat* Elle était d'autant plus résolue à en finir avec
cette passion de son fils qu'elle l'avait surpris, le matin
même, escaladant les quatre étages qui le séparaient de
Pauvrette La comtesse imagina que le meilleur moyen
d'amener une rupture entre les jeunes gens était de révé-
ler au père Jérôme sa parenté avec Pauvrette Elle mit
aussitôt son projet à exécution en faisant jeter à la poste
une lettre anonyme à l'adresse du vieux portefaix C'était,
en effet, pour lui remettre cette lettre qu'on l'avait appelé

Après avoir causé quelque temps avec le concierge de
la maison, le père Jérôme remonta chez lui C'est singulier ! se disait-il avec inquiétude Qui peut m'écrire ? Personne ne me connaît.

Arrivé dans sa chambre, il décacheta le morceau de
papier et lut ce qui suit .

« Je crois de mon devoir d'apprendre à M Jérôme Lenou
que Mlle Pauvrette, la lingère, est sa fille. J'espère qu'il
veillera sur cette enfant que des prétentions au-dessus de
sa position , des relations avec un jeune homme d'une

classe elevee conduiraient infailliblement a la perte de son honneur »

A cette révélation inattendue, le pere Jerôme faillit devenu fou de joie Cette jeune fille que son cœur lui avait déja designee comme la plus aimable, la plus angelique des creatures humaines, c'etait son enfant, son enfant qu'il avait tant pleuree [1]

Mais a ce flot d'ivresse qui monta soudainement a l'ame du vieux portefaix, se mêla l'amertume d'un doute atroce. Il se souvint [1]

D'un bond il se rendit a la mansarde de Pauvrette Il frappa trois coups

On ne lui repondit pas

Il preta l'oreille attentivement

Aucun bruit

S'imaginant alors qu'on ne voulait pas lui ouvrir, il enfonça la porte d'un vigoureux coup de pied

Mais il resta sur le seuil, foudroye, l'œil hagard, les traits bouleverses

L'oiseau etait deniche, ses plumes seules etaient restees Les robes, les jupons, les fichus, les bonnets étaient semes çà et là sur les chaises, la table et la commode.

Comment decrire cette incommensurable douleur, ces cruelles angoisses d'un pere qui perdait une seconde fois sa fille au moment ou il croyait l'embrasser ?

Chancelant, ivre, succombant a son emotion, le vieux portefaix tomba a genoux en adoration devant la robe d'indienne de Pauviette. Il serra ce chiffon sur son cœur avec frenesie, le couvrit de baisers, l'arrosa de larmes.

— Ma fille ! s'ecria-t-il en se relevant, où que tu sois, je saurai te retrouver et te sauver !

Le pere Jerôme sortit de la chambre, descendit precipitamment, franchit d'un bond le seuil de la maison et se mit a courir comme un insense par les rues

VII

Personne ne remarqua la course desordonnee du vieux portefaix, car ce soir-la tout le monde courait a l'Opera La tumultueuse procession des masques se deroulait sur les boulevards comme un immense reptile aux anneaux diapres de mille couleurs A minuit cette foule avide de plaisirs entra a flots presses dans l'interieur du theatre lyrique de la rue Le Pelletier

Charles de Lacaille etait un des premiers venus. Pose a l'entree de la salle, il observait scrupuleusement tous les masques qui passaient devant lui. Mais apres une longue heure d'attente, ne voyant pas la personne a laquelle il avait assigne rendez-vous, l'impatience le prit.

— Adèle n'aura pas réussi à persuader la petite mur- mura-t-il depite. Sot que je suis de m'être fie à elle plutot que d'avoir pris moi-même les rênes .. A présent, que faire? Qu'imaginer pour reparer l'accident? Abandonne- rai-je la partie! Oh! non .

La parole expira sur les lèvres de Charles. Il aperçut a quelques pas de lui une pierrette qui traînait après elle une camargo Celle-ci s'avançait avec timidite, remorquee par son effrontee compagne

Ah! c'est qu'elle ne connaissait pas encore l'Opera, Pau- viette la camargo! Les lustres etincelants l'eblouissaient de leurs mille feux, le brouhaha de la foule des masques lui brisait le tympan. En outre, a peine entree dans ce bal de bonne compagnie, elle avait ete quelque peu scan- dalisee par les manières hardies de ces habitues Un spi- rituel monsieur, tout de noir habillé, lui avait passe le bras autour de la taille, en s'ecriant Petit cœur bat vite! Un autre monsieur, sous pretexte de la reconnaître, l'a- vait embrassée Et comme elle se fachait rouge

— Nigaude, lui dit la pierrette, on rit, et tu te faches! Fi! que c'est mauvais genie.

— Cependant, repliqua la camargo, tu m'avais assure que le bal etait des mieux composes.

— Je te l'affirme encore. A l'Opéra, tu rencontreras peu d'ouvriers L'ouvrier va a l'Ambigu ou à la Courtille Ici, c'est tout ce qu'il y a de mieux en fait d'hommes, ma chere.

— Je ne m'en suis guere aperçue On m'a insultée en entrant.

— Laisse donc ! histoire de rire. Personne ne te connaît On peut te tutoyer, te lutiner, t'insulter, qu'est-ce que ça fait ? En carnaval, il n'y a ni hommes, ni femmes, il n'y a que des masques. Tiens ! tiens ! en parlant de masques, termina la pierrette, en s'avançant vers Charles, en voilà un qui ne m'est pas inconnu

Des qu'elle aperçut le fils du procureur Pauvrette s'arrêta sans broncher d'une ligne. Son esprit fut eclairé d'une sinistre lueur

Charles la salua respectueusement, puis se tournant du côte d'Adele, il lui dit

— Je ne comptais pas te rencontrer ici, belle pierrette !

— Ni moi non plus, beau pekin !

— J'ai voulu me distraire un peu des ennuis dont mes respectables parents m'accablent Tu sais qu'ils tiennent absolument à me faire epouser Mlle de Châteauvert, un noble laideron Mais j'ai repoussé leurs pretentions en leur declarant formellement que j'aimais de toute mon ame une jeune ouvrière lingère et que je n'aurais jamais d'autre épouse qu'elle

Pauvrette avança d'un pas.

— Bah! fit la rusée pierrette pour raviver le feu, fantaisie de jeune homme!

— Passion sérieuse, éternelle! répliqua sévèrement Charles.

Pauvrette risqua un second pas

— Assez cause de passion éternelle, dit Adèle. Nous sommes a l'Opéra.

— C'est vrai, je l'oubliais Mademoiselle, continua Charles, en s'adressant à Pauvrette, voudrait-elle me faire le plaisir de m'accorder la contredanse qui prelude?

— Oh! mon amie ne demande pas mieux, j'en suis sure, dit vivement Adèle.

Pauvrette fit un signe d'assentiment en laissant echapper a travers l'ouverture de son masque un oui faiblement articule.

Au meme moment, un postillon tout enrubanne vint inviter la pierrette, qui s'ecria

— Complet! nous vous ferons vis-à-vis

Deja les quadrilles se formaient Charles de Lacaille offrit galamment son bras a la camargo. Le postillon en fit autant pour la pierrette

Nos deux couples allèrent se poster au milieu de la salle. Le postillon cherchait à lutiner Adèle.

— Je parierais que ton masque cache la plus jolie figure du monde, lui disait-il en minaudant. J'espère que tu me la feras connaître.

— Je ne veux pas te voler, mon vieux !

— Ah ! si tu pouvais me voler mon cœur, belle pierrette !

— Tu me conduirais trop loin, fringant postillon.

— Dans l'île de Cythère, pas plus loin, ma divine !

— Des phrases ! se dit Adèle Bon ! c'est un niais Nous penserons aux rafraîchissements.

La conversation de l'autre couple, du pékin et de la camargo, quoique d'un autre genre, n'en était pas moins remarquable Charles, en homme habile, parlait toujours de Pauvrette à la camargo, forcée ainsi de recevoir à brûle-pourpoint un torrent de louanges dont elle n'aurait pu arrêter le cours qu'en se démasquant Et puis la conjugaison du verbe *aimer* est toujours si douce à l'oreille d'une femme, qu'elle écouterait même le diable s'il lui disait Je t'aime !

D'ailleurs, Pauvrette remarquait avec satisfaction que M Charles, contrairement à l'usage du bal masqué, ne la tutoyait pas Il la respectait autrement que tous les autres masques. Aussi le fils du procureur gagnait-il du terrain dans le cœur de Pauvrette avec cet heureux subterfuge qui lui permettait de déclarer sa passion d'une manière toute désintéressée. A la fin, cependant, la camargo l'arrêta en lui disant

— Mais, monsieur, vous ne me parlez que de cette Pauvrette à laquelle je ne m'intéresse pas.

— Ah ! mademoiselle, répondit Charles, pardonnez-moi mon indiscrétion. Je n'ai qu'elle dans la tête et dans le cœur.

Pouls animé, vif battement de cœur, joues enluminées, telle fut la camargo a ce redoublement de déclaration

Pauvre père Jérôme ! il courait toujours, cherchant partout sa Pauvrette ! .

Musard interrompit les conversations des masques en élevant au-dessus de sa tête sa baguette magique. C'était le signal de la danse.

Le postillon dansait comme un cabri en face de sa pierrette qui, de son côté, se livrait à l'entraînement du bal Quant à M. Charles, il dansait poliment devant la camargo. C'était plaisir à voir la timidité, la retenue de cet innocent jouvenceau !

La contredanse terminée, la pierrette et la camargo, à la pressante invitation de leurs cavaliers se rendirent au buffet

— Quel rafraîchissement désires-tu ? demanda le postillon à la pierrette.

— Du punch ! dit celle-ci.

Cette réponse abasourdit le postillon de l'Opéra, second clerc d'une étude de la rue Saint Honoré, et par conséquent très peu Rothschild Pourtant il se remit de son émotion et fit servir un punch de dix francs, en murmurant :

— Puisque je suis lancé !.

— Tu goûteras bien un peu à cette douce liqueur ? dit Adèle à son amie.

— Non, répondit la camargo Je te remercie.

— Eh bien ! s'écria Adèle, nous sécherons à nous deux ce bol de punch N'est-ce pas, mon postillon ?

— Oui, oui, ma pierrette balbutia le second clerc en grimaçant un sourire Diable ! diable ! ajouta-t-il en aparté, comme elle sèche ! Dix francs. Comme elle engloutit !

Décidement le postillon ne s'amusait plus Les réflexions philosophiques lui venaient en foule.

— Mademoiselle acceptera-t-elle un orgeat ? demanda Charles

— Volontiers, monsieur, fit Pauvrette

— Quant à moi, dit Adèle, j'accepterais bien un second bol de punch J'ai le gosier sec en diable Qu'en penses-tu, mon postillon ?

Le visage du postillon devint coquelicot

— Oui . oui . ma pierrette, murmura-t-il faiblement comme s'il eût arraché avec peine ses paroles. Diable ! diable ! répéta-t-il a part lui Vingt francs ! comme elle sèche ! De quel train de poste elle me conduit ! Elle est capable de devorer cette nuit toutes mes economies. Enfin, puisque je suis lance Garçon ! cria-t-il en faisant un violent effort sur lui-meme , un second bol de punch !

Les deux bols liquides, la pierrette s'ecria, sur un coup d'œil significatif lance par Charles de Lacaille

— Ma foi ! j'avoue que je mangerais bien une côtelette Ce punch m'a creuse l estomac Allons-nous au restaurant ?

La figure du second clerc subit plusieurs metamorphoses Elle passa successivement du blanc au rouge et du rouge au violet.

Charles appuya la motion d'Adele

Le postillon ne disait ni oui ni non Il tremblait de tous ses membres Quant a Pauvrette, elle dit positivement non, malgre les instances reiterees de Charles.

Ce refus formel déconcerta les deux complices Ils s'en tre-regardèrent, puis ils se leverent de table. Cette fois Charles prit le bras d'Adele et le postillon celui de Pauvrette

—Que faut-il faire a présent pour l'entraîner ? dit Adele
a son cavalier

— Tu sais   le second moyen, répondit laconiquement le fils du procureur. Agissons Je vais prevenir
Philippe

— Bien.

Dans la salle du bal, Charles prit congé d'Adele et de
Pauvrette et s'eloigna.

Meme ceremonie du postillon, qui eut le bonheur d'obtenir un rendez-vous de sa pierrette sur la place Vendôme,
ou il l'attend encore.

Adèle se promena quelques moments avec Pauvrette
puis elle la perdit à dessein dans la foule des masques,
Pauvrette la chercha et l'attendit vainement.

Inquiète, egaree, le cœur brise, les larmes aux yeux, la
tête perdue au milieu de ce bal où elle etait deja remar-
quee et poursuivie par les quolibets des masques, la jeune
lingère cherchait la porte de sortie jurant bien, — mais
trop tard, — qu'elle ne remettrait de sa vie les pieds a
l'Opéra, lorsqu'elle fut accostée par un mousquetaire, costume Porthos.

— Je te connais, belle enfant ! fit le mousquetaire en
lui prenant hardiment la main.

—Laissez-moi, monsieur ! .. dit Pauvrette en degageant
la main de celle du mousquetaire.

Mais celui-ci lui barra le passage.

— Halte-là, ma poulette ! s'écria-t-il On ne se sauve pas à cette heure du bal, à moins de motifs graves.

— Laissez-moi passer, je vous en conjure, supplia Pauvrette les mains jointes.

— Pas avant, répliqua le mousquetaire Porthos, que tu ne m'aies fait ta confession, petite Où vas-tu, ma charmante ? où l'amour t'appelle, sans nul doute.

— Je n'ai pas de comptes à vous rendre, monsieur

— Tu es bien fière, friponne ! fit le mousquetaire en appliquant sa bouche sur la blanche épaule de la camargo.

— Laissez-moi, misérable ! s'écria Pauvrette indignée.

Porthos se redressa furieux.

— Petite insolente ! cria-t-il. Tu oublies que ton père est sorti d'un bagne !

Et comme plusieurs masques se rassemblèrent en entendant ces étranges paroles .

— Oui, ajouta le mousquetaire, cette petite fille qui a eu l'outrecuidance de me traiter de misérable, est la fille d'un repris de justice !

Cette terrible qualification, les regards et les murmures de la foule frappèrent de vertige l'esprit de la pauvre camargo Elle tomba évanouie sur le parquet

A cet instant, un jeune homme en habit noir fendit le groupe compacte des masques en s'écriant indigné .

— Qui a insulté ma cousine?

— Moi! dit bravement le mousquetaire Porthos en posant ses poings sur ses hanches

— Vous m'en rendrez raison! fit le jeune homme en lui donnant sa carte

— Quand vous voudrez! répliqua le mousquetaire à toute heure du jour et de la nuit

— De l'air! il faut donner de l'air à cette jeune fille! crièrent plusieurs voix du groupe.

Le courageux défenseur de sa cousine, aidé de quelques masques, la souleva de terre et l'emporta hors du bal

Ce jeune homme, on l'a deviné, n'était autre que Charles de Lacaille, dont le mousquetaire Porthos était le complice et l'ami intime La scène que nous venons de rapporter avait été convenue d'avance et arrangée entre eux

Une fois dans la rue Le Peletier, Charles mit la camargo à peine revenue de son évanouissement, dans une voiture, se plaça à côté d'elle avec la pierrette, qu'on retrouva *par hasard*, puis il ordonna au cocher de les conduire rapidement à son pied-à-terre, avenue Marbœuf

VIII

Pendant ce temps, le père Jérôme courait après sa fille comme un chasseur après un gibier blessé. A quel bal s'était-elle rendue ? il l'ignorait absolument. Il ne savait qu'une chose, c'est qu'elle avait un costume de camargo, et que la misérable fille qui l'avait entraînée était en pierrette. Mais en carnaval les camargos et les pierrettes ne manquent pas. Malgré tout, malgré son costume identique à tant d'autres et son masque, la passion paternelle prouvait au vieux portefaix qu'il saurait reconnaître sa fille entre mille.

Le père Jérôme avait retrouvé ses jambes de vingt ans. Il arpentait le terrain, véloce comme un cerf. Mon Dieu ! arrivera-t-il à temps avant que sa fille ne soit perdue ? Tel était l'horrible doute qui tenaillait son cœur. Il avait déjà visité sans succès le bal de l'Ambigu-Comique — Pas de Pauvrette ! et il courait encore... Si bien qu'à la hauteur de la Porte-Saint-Martin, il heurta violemment un débardeur

— Bon ! grogna celui-ci d'une voix avinée en saisissant

8

le pere Jerôme au collet. Tu arrives bien. J'avais une fu-
rieuse envie de rosser quelqu'un.

— Dieu me pardonne ! s'ecria le vieux portefaix en ra-
menant le debardeur pres d'un bec de gaz C'est toi, Andre !
Que fais-tu sur le boulevard a cette heure ?

— Ah ! ah ! pere Jerome ! fit Andre en lançant un rire
hébete et sans lacher son homme Ah ! nous allons nocer,
hein ? Je suis en belle humeur, moi ... Au diable les sou-
cis ! Nous sommes en carnaval   Ça va bien, et vous?
Viens-tu a la Courtille, père Jerôme ? Ie connais un petit
endroit ou il y a du vin a six, mais la.. aux petits
oignons !

— Laisse-moi, ivrogne !.. Je n'ai pas le temps de
t'écouter

Et, comme Andre le tenait toujours au collet en repetant
son refrain . « Y a du petit vin a six, mais la   aux petits oignons ! » le père Jerôme lui donna une si forte se-
cousse qu'il alla rouler sur l'asphalte du trottoir.

— Il s'agit bien de boire quand j'ai Pauvrette a sauver !
s'écria le vieux portefaix en s'eloignant.

— Pauvrette ! fit le maçon. C'est elle qui m'a fait nocer

— Que dis-tu, ivrogne ?

— Je dis, repliqua Andre en se relevant peniblement
du trottoir, que c'est votre Pauvrette qui m'a fait boire
Je voulais l'oublier... Je me suis deguise en debardeur.

Père Jérôme, j'aimais Pauvrette comme une sœur. Mais ne s'avise-t-elle pas de recevoir des gants jaunes . Moi, je ne peux pas souffrir les gants jaunes . Ça me porte sur les nerfs !

— Tu l'as donc vu ?

— Si je l'ai vu ! Comme je vous vois. Il lui a pris la main. Ah ! que le diable vous emporte, père Jérôme, de me rappeler ces choses-là Venez à la Courtille, il y a du petit vin à six, du bon

— Malheureux ! tu songes à t'enivrer lorsque Pauvrette, entends-tu bien, est sur le point d'être déshonorée par Charles de Lacaille !

— Déshonorée !.. Diable ! ce mot là me dégrise. Déshonorée . Ah ! je me rappelle aussi que cette coquine d'Adèle devait emmener Pauvrette à un bal masqué

— Lequel? lequel ?

— Attendez donc...

— Cherche bien, André, retourne ta cervelle .

— L'Opéra

— L'Opéra ! Courons-y

— Comment, père Jérôme, vous espérez retrouver Pauvrette au milieu du bal de l'Opéra? C'est comme si vous cherchiez une aiguille dans une charretée de foin

— Aimes-tu Pauvrette?

— Si je l'aime ! comme un frère. Et vous ?

—Comme un père.. Viens!

Et, ce disant, le père Jérôme entraîna le débardeur, dont les jambes étaient encore engourdies par ses copieuses libations.

IX

C'était la dernière heure de l'Opéra. Cinq heures venaient de tinter aux horloges de Paris. Les costumes étaient chiffonnées, les jambes fatiguées, les gosiers enroués, les figures flétries. La foule des masques essaya de raviver l'ardeur du bal en portant Musard en triomphe. Il apparut radieux au-dessus d'une multitude qui l'applaudissait bruyamment en criant Vive Musard!

Le célèbre musicien se montrait fier de ce triomphe à l'antique. Il ne se doutait pas le moins du monde qu'il n'était là que le prétexte de cette universelle ovation. Le dieu que cette foule enivrée élevait au-dessus de toutes les têtes, ce n'était pas assurément le chef d'orchestre, c'était le Délire.

Après avoir fait, non sans danger, le tour de la salle sur les épaules de ses admirateurs, Musard fut rendu complet à son orchestre éploré. Les cris d'enthousiasme redoublerent. Alors le maître eleva sa baguette magique, et les danses recommencèrent avec fureur. Puis vint le grand galop

Oh ! le grand galop, le galop monstre ! qui n'a pas vu cette frenesie humaine n'a pas la moindre idee d'une civilisation de dix-huit siècles !

Des milliers de voix huilent, tonnent, glapissent a couvrir le bruit d'un orchestre diabolique Mais a son tour l'orchestre reprend le dessus en lançant des rugissements metalliques d'une ·force de vingt lions d Afrique Les gosiers redoublent en vain de vigueur, lancent leurs dernieres notes ils ne peuvent dominer le bruit assourdissant de la musique. Dans le cercle incandescent du galop monstre, monstrueux serpent qui se mord la queue en tournant rapidement sur lui même, toutes les tetes se touchent, les haleines brulantes se confondent Pekins, paysans, dominos, poissardes, pierrettes, camargos, tous les masques roulent, roulent comme une avalanche dans la ronde infernale du galop Musard ! Enfonces les gendarmes ! il n'y a plus ni hommes ni femmes ! comme disait Adele la couturiere,.

Le pere Jerome et Andre penetrerent dans la salle au commencement du galop Le vieux portefaix demandait Pauvrette a chaque masque qu'il rencontrait sur ses pas Il designait son costume, le moindre ruban qu'elle portait

— Avez-vous vu une camargo? C'est ma fille. Je n'ai qu'elle au monde !

Son étrange accoutrement, ses paroles incohérentes attiraient sur lui l'attention des masques, qui accueillaient ses demandes et ses explications avec des huées et des éclats de rire. La nouvelle vola aussitôt de bouche en bouche. Au foyer, on en fit des gorges chaudes.

— Un père qui demande sa fille a l'Opéra ! s'écria un domino rose, c'est bouffon, c'est a n'y pas croire . Quelle bonne aubaine pour les chroniqueurs de gazettes !

Les masques entouraient André et le père Jérome, et les narguaient sans pitié

— Ta fille ! s'écria l'un, elle est au violon

— Ta camargo ! disait l'autre, va la chercher a la Maison Dorée. Tu la trouveras en compagnie d'un joli garçon

Cependant le maçon et le portefaix commençaient a se fâcher, ils menaçaient deja les railleurs d'une correction sévère lorsque ceux-ci, mettant le comble a leurs mauvaises plaisanteries les entraînèrent en hurlant dans la fournaise du galop monstre

Nous ne décrirons pas, par impossible, le supplice d'un nouveau genre de nos deux damnés submergés par les flots des masques A la fin pourtant, la ronde Musard, épuisée, haletante, s'arrêta, lala. Quelques danseurs n'ayant pas

pu suivre le torrent du galop, avaient ete foules aux pieds
par les autres. Il y avait des jambes meurtries, des bras
demis, des côtes enfoncees Des perruques, des chiffons
jonchaient le parquet Bref, il se deroulait a l'œil de l'observateur une serie de scènes plus etranges les unes que
les autres. Mais la peripetie n'etait pas la.

Au milieu de la salle il se livrait un combat homerique.
Deux hommes, entoures d'une dizaine d'assaillants, resis-
taient a leurs ennemis avec une vigueur sans pareille Si
bien qu'après une lutte de cinq minutes, les adversaires
malheureux de ces boxeurs appelaient leurs amis a leur
secours.

Le bruit de cette bataille se repandit aussitot de tous
cotes Le mousquetaire Porthos, voulant soutenir sa reputation herculeenne, vint en aide a ses amis engages
dans le feu du combat.

Il poussa droit à Andre, mais celui-ci le prevint en lui
assenant un coup de poing de maçon sur la tete Le mousquetaire roula a terre Pauvre Porthos ! quel triste echec
pour un geant qui cassait les vitres en parlant et tordait
de la main des barreaux de fer !

Mais, heureusement, un brillant metamore a appris le
danger que courait ses compagnons Pareil au terrible
Ajax, il fend la foule en s'ecriant

—Courage, amis ! a la rescousse. Me voici. J'ai fait des

armes chez Grisier et de la boxe chez Baucher. Gare a ceux que je rencontrerai sur mon chemin !

Ce disant, le metamore, anime d'une ardeur belliqueuse, aborde le père Jerôme en lui lançant adroitement un vigoureux coup de pied a la cuisse. Le pere Jerôme s'ebranle un moment, mais reprenant bientot son equilibre, il porte en pleine poitrine a son adversaire un coup de poing de portefaix

Le metamore tomba en râlant sur le parquet

— Qui en veut ? cria Andre hors de lui en frappant de droite et de gauche. C'est ici l'abattoir !

C'était un feu roulant de coups de poings et de coups de pieds, une mêlee generale ; les railleurs du maçon et du portefaix tombaient sous leurs coups comme les epis moissonnés par la faucille Enfin, les masques comprenant un peu tard ce qu'il en coutait de narguer et d'insulter des hommes au bras de fer, laisserent passer librement nos deux héros qui avaient hâte de partir. Mais sur les premières marches de l'escalier de sortie, le père Jerome fut brusquement arrête par un domino bleu qui se jeta au-devant de lui, et lui dit d'une voix émue

— N'etes-vous pas Jerôme, le portefaix ?

— Oui, madame.

— Vous cherchez votre fille ?

— Oh ! madame, ma vie pour savoir ou elle est en ce moment !

— Chez M. Charles de Lacaille, a son pied-a-terre, avenue Marbœuf. Allez vous sauverez votre enfant. Il en est encore temps, sans doute !

Le pere Jerôme ne repliqua pas un mot Il sortit comme un fou du theatre de la rue Le Peletier

Le domino bleu, qui venait de le mettre sur les traces de sa fille, cachait Mme la comtesse de Lacaille.

LA CONFESSION DU PERE JEROME

La voiture qui emportait Pauvrette avait de beaucoup distance le pere Jerome Il etait encore a l'Opera lorsqu'elle entrait dans l'avenue Marbœuf Le cocher arrêta son vehicule al'extremité de l'avenue opposee aux Champs-Elysees, devant le Tibur de M. Charles de Lacaille C'etait en effet dans cette maison que le dandy se livrait sans controle importun a ses joyeux ebats Ce chateau de garçon etait seulement eleve de deux etages, et l'on n'occupait les chambres du second que les jours ou Charles organisait des parties avec ses amis. Le rez de-chaussee comprenait une chambre d'entree, une salle a manger dont les croi-

sces ouvraient sur un charmant jardin et un petit
salon.

Charles prit congé au salon, pour quelques instants seulement, de la pierrette et de la camargo.

— Mon Dieu ! ou nous a-t-on conduites, ou sommes-
nous ici ? — demanda Pauvrette effrayée du luxe d'ameublement de l'appartement ou elle se trouvait

— Ne te l'ai-je pas dit ? dans le château de ma tante, —
répliqua effrontement la couturière

— Tu as une parente aussi riche ?

— Pourquoi pas ? Toute ma famille est a son aise, ma
chère, il n'y a que moi qui n'y suis pas du tout.

— Tu ne m'avais pas parle de ça rue Beauregard

— La belle surprise si je t'en avais informée d'avance.

— Mais ta tante connait donc M Charles, puisqu'il vient
chez elle?

— Oh ! ce sont de vieux amis, de vieilles connaissances.

— Ou est-elle ta parente? Je veux la voir.

La pierrette parut cette fois embarrassée de donner une
explication plausible

— Je ne sais pas, dit-elle   — Elle va probablement
venir   a moins qu'elle ne soit couchee . ou malade

— Mene-moi pres d'elle, je t'en prie , autrement je ne
resterais pas une heure de plus ici J'ai peur   Tout ce
qui m'arrive depuis deux jours, vois-tu, Adèle, est telle-

ment étrange que j'en perds la tête. Je ne vivrai tranquille
que du moment où je serai rentrée dans ma petite mansarde. Et tu ne me la feras plus quitter, je te le jure
bien !

Un grand escogriffe de laquais, à mine quelque peu patibulaire, présenta à la pierrette une lettre dans un plat
d'argent.

— C'est bien, John, — dit audacieusement Adèle en la
prenant.

Le domestique sortit.

— D'où te vient cette lettre? demanda la lingère.

— De ma tante, répondit tristement Adèle. Que je suis
contrariée! Elle a été forcée de partir hier au soir pour
Auteuil. Vois.

— Eh bien! nous n'avons plus qu'à sortir de cette
maison.

— Comment, sortir? Tu voudrais faire une injure à ce
digne M. Charles qui a pris ta défense à l'Opéra, qui t'a
sauvée, qui va se battre et peut-être mourir pour toi dans
quelques heures?

— Que me rappelles-tu, Adèle? — Oh! je ne veux pas
être la cause d'un pareil malheur. Où est M. Charles?

— Tu le sais, il nous a demandé quelques moments de
liberté . sans doute pour chercher des armes et des témoins. — Mais justement le voici, — ajouta la couturière

en apercevant le fils du procureur sur le seuil de la porte.

— Au nom de votre mere, je vous en conjure, monsieur ! — s'ecria la jeune lingere en se jetant au-devant de Charles, — oubliez la scene de cette nuit a l'Opéra Ne vous battez pas avec un miserable qui pourrait vous tuer et faire de ma vie une existence de tourments et de remords. Je vous demande encore ce sacrifice, monsieur Oh ! vous exaucerez la prière que je vous adresse a genoux

— Ce n'est pas mademoiselle Pauvrette, — dit Charles avec dignite en relevant la lingere, — qui a ete insultee cette nuit, c'est une femme   et dans notre France une semblable lâchete doit etre chatiee d'une manière exemplaire Du reste, mademoiselle, rassurez-vous pour mon compte Je suis familier avec le duel Je me sers de l'epée a peu près comme vous de l'aiguille Au surplus, si le coupable fait des excuses de sa conduite inqualifiable; je consentirai encore a ne pas me battre.

Le valet a figure patibulaire vint annoncer a Adele que le repas etait servi Cette nouvelle produisit un effet electrique sur la couturiere, qui entraîna Pauvrette dans la salle a manger ou était servi un delicieux festin

— Ma tante fait bien les choses ! s'ecria Adele enthousiasmee On se croirait chez Vefour. Qu'en penses-tu, Pauvrette ?

Et comme la lingère ne répondait pas :

— Ah ! ça, camargo, dit Adèle, veux-tu bien envoyer au diable ta figure à rebours. Tu es gaie comme un enterrement. Il faut pourtant faire honneur à ce repas de Balthazar, qui vaut encore mieux que l'Opéra.

Mais Pauvrette n'était plus sensible aux plaisanteries ni aux excitations de son amie de perdition Elle avait l'âme inquiète et l'esprit préoccupé de cet avertissement prophétique de la veille : « Les paroles dorées cachent toujours de perfides intentions. » Si naïve et si ignorante de la perversité humaine qu'elle fût, Pauvrette commençait pourtant à douter de la sincérité et de l'honnêteté de la couturière ; mais en revanche, comment soupçonner la loyauté de M Charles de Lacaille, qui l'avait sauvée d'un danger sérieux à l'Opéra et s'était toujours montré envers elle d'une déférence, d'un respect exemplaires. La pauvre mouche se débattait en vain dans les toiles d'araignée où elle était prise Toutes ses idées se heurtaient confuses dans son cerveau.

— Puisque mademoiselle Pauvrette n'aime pas ces plats d'entrée, — dit Charles, — nous pouvons passer à un autre service. Qu'en pensez-vous?

— C'est ça ! c'est ça ! — s'écria la couturière en s'animant — Au rôti !

Et elle appela de toute la force de ses poumons :

9

— John ! John !

Mais John était sourd ou mort. Il ne répondait pas

— John ! John ! John ! — cria encore Adele.

Silence absolu.

— Tais-toi, dit Pauvrette tremblante, et écoute bien. Il me semble que j'entends du bruit On dirait des gens qui se battent

— Tu rêves, Pauvrette !

— C'est probablement un domestique qui aura cassé un plat, — fit Charles très-inquiet lui-même.

Mais cette fois il n'y avait pas à s'y tromper. Le bruit d'une lutte corps a corps parvint distinctement a l'oreille des convives

— John ! John ! criait toujours Adèle tout en dévorant les morceaux.

La porte de la salle s'ouvrit brusquement pour laisser passage à des êtres singulièrement accoutrés Leurs vêtements étaient en lambeaux, leurs figures égratignées et déchirées Les trois convives ne reconnurent pas d'abord les nouveaux venus.

— Jaune ! — s'écria André le maçon, en s'adressant a la couturière — Jaune est en quatre morceaux. Vous pouvez les raccommoder si ça vous amuse Bonsoir tout le monde et la compagnie.

Il y eut un moment de telle stupéfaction que les person-

nages de cette scène paraient tous petrifies Le pere Jerôme lui-même, qui avait sué sang et eau pour rejoindre
sa fille, demeurait a present immobile et glace sur le
seuil de la porte. Une épouvantable pensee le tenaillait
Ce festin parlait trop eloquemment D'un coup d'œil il
mesura toute l'etendue de son malheur. Il ne pouvait embrasser son enfant fletrie et deshonorec. Un sanglot qu'il
cherchait inutilement a etouffer souleva sa poitrine, et
deux grosses larmes sillonnerent ses joues ridees.

Andre passa du côte de Pauvrette, qui tremblait de tous
ses membres, et lui dit naivement ‘

— Eh bien ! mam'selle, vous voila comme une pierre,
a présent ! Vous ne reconnaissez donc pas votre pere?..

— Mon pere ' — repeta machinalement Pauvrette, sans
rien comprendre aux paroles du maçon.

— Nous avons pourtant eu assez de mal a vous retrouver Nom d'un moellon ' qu'il nous a fallu assommer du
monde pour ça   — Mais au fait, qu'est-ce que vous
faites donc ici en compagnie des gants jaunes? Quelle conduite menez-vous, mam'selle? Ce n'est pas a moi que
vous en devez compte, c'est a votre pere qui pleure dans
ce coin.

Pauvrette sanglotait elle-même et ne pouvait articuler
un mot. Elle voulut faire un pas, elle chancela et retomba
inerte sur son siege.

Le vieux portefaix, refoulant dans son cœur l'explosion de sa douleur, s'avança silencieux, d'un calme effrayant, vers Charles de Lacaille, immobile sur sa chaise, et le prit par le poignet. Le jeune homme se leva en jetant des cris aigus.

Le vieux portefaix, tenant toujours le poignet de Charles dans sa main droite comme dans un étau, lui désigna Pauvrette et lui dit :

— Tu as déshonoré ma fille !

— Mon père ! mon père ! s'écria Pauvrette revenue à elle, je suis digne de vous !

Et la pauvre fille courut au vieux portefaix, se jeta à ses pieds, les arrosant de ses larmes.

Cette révélation transfigura le père Jérôme. Il se détendit comme un arc, il se redressa de toute sa stature en murmurant dans une ivresse inexprimable :

— Grâces vous soient rendues, mon Dieu !

— De quel droit, dit d'un air dégagé Charles de Lacaille qui avait repris son assurance en se souvenant de l'origine du père Jérôme, et en voyant dans son jardin de nombreux amis de l'avenue Marbœuf que l'éclat de cette scène avait attirés, de quel droit un individu sans aveu entre-t-il violemment chez moi, et bat-il mes domestiques ? Oui, messieurs, ajouta Charles, en s'adressant aux assistants, cet homme qui vient de m'insulter, est un

homme taie, un faiseur de dupes, ce vieillard a derrière
lui une existence honteuse et flétrie ! ..

A cette brutale apostrophe, le père Jérôme repoussa de
la main Pauviette, qui s'était levée pour l'embrasser, en
lui disant

— Ma fille, je ne dois te serrer dans mes bras qu'après
m'être lavé devant tous de l'outrage qui vient de m'être
fait Ecoute-moi donc, mon enfant, et vous surtout,
M Charles de Lacuille, ecoutez la confession de Jérôme
Lehoir

Il se fit un silence de tombeau On eût entendu le vol
d'une mouche. Tous les regards se tournèrent inquisitifs
vers le père Jerome, qui reprit d'une voix calme :

Je me nomme Jerôme Darbel Je n'ai pas toujours porté
la veste de commissionnaire que vous me voyez aujour-
d'hui Il y a vingt-cinq ans, j'etais un homme a la mode,
un elegant desœuvré à la recherche des distractions les
plus excentriques et les plus coûteuses. Reste orphelin a
vingt ans, a la tête d'une fortune considerable, je la dis-
sipai loyalement avec des amis et des maîtresses Le
bonheur et la richesse, voyez-vous, sont des soleils autour
desquels gravite tout ce qui a besoin de lumière et
d'eclat Mais, au jour de l'éclipse, amis et maîtresses dis-
parurent Je restai seul... Je me trompe... j'avais encore
deux fideles compagnons la misère et la debauche Mon

cœur était vicié ; je n'eus pas le courage de me refaire une
existence honorable. Pour ne pas souffrir de la pauvreté,
je trafiquai de ce qu'il y a de plus saint au monde   le
nom de famille. Je fis des faux Mes amis eux-mêmes me
livrèrent à la justice. Sur un requisitoire de votre père,
monsieur Charles de Lacaille, je fus condamné a dix années de travaux forces J'étais rayé du livre humain, j'étais
perdu, je ne songeai plus qu'a la mort Mais une sainte
femme qui est morte à la peine la seule qui soit restée
fidèle au malheur, vint me trouver a la prison et m'ordonna de vivre en m'annonçant la naissance d'une enfant
J'avais une fille ! C'était providentiel. Il se fit une revolution morale en moi Je n'étais plus le même homme, et je
resolus d'expier ma peine avec une complète resignation
pour avoir le bonheur d'embrasser un jour mon enfant Je
subis courageusement mes dix années de Toulon, je revins
a Paris, et, après avoir en vain cherché une carrière en
rapport avec mon education , après avoir inutilement
essaye d'arracher de mon corps cette robe de Dejanire du
malheur qui me fermait toutes les portes, il ne me restait
d'autre ressource que la profession d'homme de peine. Je
devins portefaix   Voila ma confession, comme je la ferai
un jour devant Dieu ! Voila ma vie ! Jugez-moi, vous qui
m'entendez, et toi, ma fille, dis-moi si je suis digne de ton
baiser que je cherche depuis quinze années.

Pour toute réponse, Pauvrette se jeta au cou du père Jérôme, qui la pressa longtemps dans ses bras.

— Moi, je pleure comme un imbécile ! dit André en s'essuyant les yeux.

Un murmure approbateur des assistants suivit la confession du vieux portefaix. Charles de Lacaille lui-même, comprenant le ridicule et l'odieux de sa position, ne souffla pas mot

Ainsi encourage par ceux qui l'entouraient, le père Jérôme reprit :

— Un sentiment céleste, une sainte pensée me soutenait, me rendait fort au milieu des souffrances et des humiliations sans nombre de mon métier de portefaix : je songeais a ma fille. Mais comment la retrouver? Sa pauvre mère était morte à l'hôpital Avec elle, je perdis toute trace de mon enfant. On me dit bien qu'elle avait été recueillie, après le décès de sa mère, par une vieille femme charitable, je fis inutilement des recherches, jamais je ne pus savoir par qui. Il y a trois mois, je connus par hasard une jeune ouvrière dont les vertus et la bonté m'intéressèrent; elle se nommait Pauvrette. Hier, une lettre anonyme m'apprit que Pauvrette était ma fille. Ma fille !... Je faillis devenir fou de joie. Mais je me rappelai que Pauvrette avait été entraînée au bal masque par une amie perfide, une ouvrière débauchée, celle-là même que vous voyez ici

Et le père Jérôme désigna du doigt la couturière.

— Pressentant un malheur, reprit-il, je courus dans les bals masqués, cherchant partout Pauvrette. Bref, je vins ici, où j'ai pu sauver ma fille du déshonneur. Voilà de quel droit, M. Charles de Lacaille, je suis entré chez vous ! Si j'étais homme à me venger du guet-apens où vous comptiez attirer mon enfant, je vous livrerais à la justice. Mais je me contenterai de vous donner cet avertissement salutaire : Monsieur Charles de Lacaille, vous prenez le chemin que, pour mon malheur, j'ai suivi il y a trente ans. Vous êtes aussi sur la route de la débauche. Prenez garde ! Si vous tombez dans le gouffre, vous y resterez. Vous n'aurez pas, comme moi, le courage de vous relever et de vous purifier par le travail Méditez donc mes paroles ! Quant à toi, mon enfant, ajouta le vieux portefaix en se tournant vers Pauvrette, la médisance s'attachera à ta vie Cette aventure aura du retentissement, fera du scandale. Que t'importe, après tout ! N'auras-tu pas à tes côtés ton père pour t'aimer et te faire oublier les atteintes des méchants?. .

—Pardon, excuse, père Jérôme, fit André en s'avançant au milieu de la salle. Vous oubliez que Pauvrette aura aussi un frère pour la protéger, pour la défendre, à moins qu'elle ne préfère un mari. . Enfin, voilà le grand mot lâche ! Il y a deux ans qu'il me tenait à la gorge sans vouloir en sortir.

— Que dis-tu ? questionna le vieux portefaix étonné.

— Je dis, papa Jerôme, que j'aime votre fille comme un frère... non ! comme un mari Je dis que je donnerais mon sang tout de suite pour m'allier à votre honorable famille. Voila !

— Quoi ! s'écria le vieux portefaix, tu veux.. malgré mon malheur ! .

— Le malheur ! père Jerôme, répliqua André, mais c'est notre élement à nous autres C'est comme qui dirait l'eau pour les poissons Le malheur, ça nous attire, ça nous affriandise Et puis, assez cause A mes yeux, père Jerôme, vous êtes pur et innocent comme votre fille !

— Brave garçon ! fit le vieux portefaix emu de ce denoûment.

— Que les ceux ici présents qui ne seraient pas de mon avis, ajouta le maçon en se tournant vers les assistants, se prononcent franchement Nous nous expliquerons

Aucune opposition ne se manifesta.

Le père Jerôme poussa sa fille du côte d'André Pauviette émue, embarrassée, le cœur gros de reconnaissance et d'admiration, fit un mouvement pour se jeter aux pieds d'André, qui la prevent en allant a elle Alors l'œil humide d'emotion contenue, Pauvrette lui adressa du cœur un de ces remerciments muets, mille fois plus eloquents que de longs discours.

— Mes enfants, dit le père Jérôme en prenant le bras de Pauvrette et en faisant signe a André de sortir, notre place n'est pas ici... Rentrons dans nos mansardes et n'en sortons plus pour aller au bal de l'Opera !

Lorsqu'ils furent partis, Adèle dit avec cynisme à Charles de Lacaille ·

— Si nous reprenions le dejeuner?

— Va-t'en, misérable fille! s'ecria Charles les yeux en feu et se levant.

La couturière fut tellement effrayee de la colere de Charles de Lacaille, qu'elle prit la porte et se sauva a toutes jambes

.   .   .   .

Trois mois, jour pour jour, après les evenements de cette histoire, que nous avons racontés d'une maniere succincte, Pauvrette Darbel épousait André le maçon.

De son cote, Charles de Lacaille a ecoute les sages conseils de sa mère, il a accepte la main de Mlle de Chateauvert.

Quant au père Jérôme, ses enfants l'ont forcé à renoncer au metier de portefaix; il vit dans une beatitude inexpri-

mable Quand il rencontre un ami, il repète tout d'abord
son eternel refrain avec une indescriptible expression de
bonheur :

— Vous ne savez pas ?

— Quoi donc?

— J'ai retrouvé ma fille ! !

LE RÊVE D'UN PARISIEN

LE RÊVE D'UN PARISIEN

Georges B..., après avoir respiré les parfums et épuisé les ivresses de la terre, tomba dans un horrible spleen qui lui faisait voir le squelette de toutes les joies et le néant de toutes les agitations humaines Il confia un jour à son ami Charles son détachement de toutes choses et sa ferme résolution de se suicider. Charles ne le prit pas tout d'abord au sérieux, mais lorsqu'il le vit écrire son estament et faire les préparatifs du grand voyage, il fallut bien croire à la réalisation prochaine de son projet. Il lui demanda de surseoir un jour à sa sinistre résolution, en lui affirmant qu'il trouverait dans ce court laps de temps un moyen de le rattacher à l'existence.

En effet, le lendemain, dans la soirée, Charles apporta à Georges une boîte remplie d'une pâte brune.

C'était là le remède au suicide.

Suivant l'ordonnance amicale, Georges se coucha sur un canapé, fuma et mangea l'un après l'autre les morceaux de pâte brune que son ami lui avait apportes. Le charme ne tarda pas à operer. L'âme de Georges se détacha de son corps et passa dans celui d'un brahmane qui avait pousse l'ascetisme jusqu'au mepris le plus absolu de la vie, s'abreuvant d'eau claire et se nourrissant de racines. A la mort du brahmane, l'âme de Georges entra dans la trimourti hindoue et fit partie du dieu Brahma, qui bientôt le renvoya sur la terre et lui donna les plus belles incarnations.

Tantôt Georges était le dieu Vichnou, qui refait les formes detruites, retablit l'équilibre ébranle par Siva le destructeur; tantôt il etait une idole de Brahma, à huit têtes et a seize bras, devant laquelle se prosternaient les rajahs couverts de diamants et dansaient ou posaient de voluptueuses gypsies, des bayadères aux cheveux nattes de fils d'argent, au corps légèrement voile par des gazes diaphanes.

L'existence de Georges n'était pas inactive. Un jour il terrassait les geants révoltes contre Brahma; un autre jour il se mêlait aux eaux divines du Gange pour donner

la force aux malades, la fecondité aux vierges, la puri
fication a tous les êtres qui se plongeaient dans son sein

Ainsi notre visionnaire recevait de Brahma la force de
terrasser les mechants, de déjouer les perfidies, de vaincre
le mal qui cherche incessamment à s'emparer du monde.

A la deesse Maya, la reine des phénomènes terrestres,
des illusions brillantes et fugitives, il empruntait la puissance de participation aux perpetuelles métamorphoses
de la nature.

Malheureusement, le coup de baguette feerique du rêve
le tira du paradis hindou et le transporta en Chine Là, il
chinoisa et cochinchinoisa pendant quelque quarante ans
Il etait devenu le grotesque sujet du grotesque empereur
Tien-Tze, fils du Ciel Il adorait l'affreux Boudha du present, Tien-Tsee-Fuch, qui domine aujourd'hui l'univers

En sa qualite de bonze, il passait son temps à faire
bruler des bâtons de parfum dans les cassolettes en bronze
cisele, à encenser de hideuses idoles, aux masques de reptile et de bête feroce Il avait l'horreur du beau, il n'aimait que le grotesque ou l'extravagant, les ventres énormes
des poussahs, les yeux ecarquilles jusqu'aux oreilles des
petites femmes chinoises, les petits pieds-moignons de la
gracieuse imperatrice New-Zooluck (rayon des merveilles),
les contorsions effrayantes des condamnes scies sur un
chevalet, jetes au four, coupés par morceaux, il raffolait

de danseurs desossés, de Chinois s'enivi ant de l'opium,
des Anglais, de bonzes mendiants, de juges prevaricateurs,
de mandarins voleurs, de lettres vicieux, de soldats pil-
lards. Il aimait la populace idolâtre, corrompue et miserable de Chine, neant qui adorait un neant, un empereur
celeste et un Boudha, qui avait peur du bâton du man-
darin et donnait les nouveau-nés à manger aux cochons.

Georges s'enivrait ainsi de hideurs lorsqu'il devint lui-
même partie integrante du néant, du paradis chinois il
etait une molécule de Boudha, qui tenait gravement ses
mains posées sur son abdomen en signe de repos et de
satisfaction, s'égayant de la misère des hommes et de sa
creation, ayant la joie complete d'un enfant qui voit
s'évanouir la bulle de savon soufflee par son chalumeau

Du paradis chinois, Georges fut jeté dans les Champs-
Elysees du paganisme. Il s'entietint familièrement du beau
avec Apollon, de l'amour sensuel avec Venus, de l'amour
platonique avec la chaste Diane, du bonheur de gouverner
le monde et de séduire un grand nombre de femmes avec
Jupiter, des désagréments de l'hymenee avec Vulcain, de
l'ingratitude populaire et des mécomptes de la liberte
avec Socrate, les Gracques, Ciceron, Brutus, Spartacus,
de beaucoup d'autres choses avec les demi-dieux et les
héros dont les ombres bienheureuses peuplaient les
Champs-Elysees. La conversation epuisee, l'hyppgriffe du

rêve le fit traverser un vaste désert brûlé par le simoun. Georges supporta longtemps les ardeurs d'un soleil tropical, puis, poussé par une force irresistible, il marcha sur une lame effilée et affilée comme celle d'un yatagan, et il plongea dans un oasis qu'emaillaient de leurs beautés, les houris de l'Islam et qu'eclairait Allah de sa rayonnante majesté C'était le paradis de Mahomet.

Georges sentait son cœur s'amollir auprès des beautés orientales, lorsque l'archange Michel vint l'arracher à la tentation et corrigea le paradis sensualiste d'Allah par le paradis chrétien. Georges s'ennuya a un tel point dans le ciel chrétien que le spleen l'étreignit à la gorge. Heureusement il obtint de l'Eternel la grâce de descendre sur la terre et de s'incarner dans un chanoine. Il faisait bonne chere, terrifiait ses ouailles par la perspective de l'enfer et recevait au confessionnal les confidences scabreuses de jeunes filles et de femmes mariées, que, pour les cas de conscience les plus épineux, il invitait à passer à son presbytere. Au moment où il cherchait à prouver a une devote que le pretre a, comme les simples mortels, des appetits sensuels à satisfaire, il se reveilla et vit Charles à ses pieds

— Eh bien! questionna celui-ci, de quel pays viens-tu, et qu'y as-tu fait?

— Je viens des pays du rêve, repondit Georges en pas-

sant la main sur son front comme pour en chasser des
ombres, et j'y ai fait la besogne de Dieu.

— Veux-tu y retourner?

— De grand cœur, car moins que jamais la réalité
pourra me satisfaire, moins que jamais la vie terrestre
sera a la hauteur de mes aspirations Qu'y a-t-il a faire
pour remonter sur l'hypogriffe?

— A prendre chaque soir deux morceaux de ma pâte

— Et cette pâte, c'est

— Du hachich !

LA MAISON DE PARIS

LA MAISON DE PARIS

Elle elevait ses toits jusqu'aux cieux, la *maison de Paris*, tourmentée par le vent, sa capricieuse girouette grinçait comme la haine; la nue jouait avec les ailes de ses flèches, faunes et naiades dansaient de grotesques sarabandes sur sa façade, salamandres et gorgones rampaient sur ses murs, les feuilles du lotus ombrageaient ses chapiteaux corinthiens, les entrelacs et les arabesques se croisaient en désordre sur sa frise. Ses créateurs l'avaient ciselée et dorée des pieds à la tête. Pour elle, on avait

fouillé en tous sens la pierre, le marbre, le fer et le
bois Et quel heureux avenir on lui presageait! Quel
triomphe le jour où les ouvriers de la maison plantèrent
le drapeau du travail sur le faîte et arrosèrent le frais
bouquet d'un vin de joyeuseté !

II

Reconnaissez dans cette herbe sèche les eclatantes co-
rolles de la rose et de la pensée. Cherchez a recomposer
ce crâne denudé, ces ossements epars çà et là, l'admi-
rable creature qui enviait votre vie de son joyeux sourire. Ou sont ses seins et ses bras modeles à l'antique?
Qu'est devenue sa luxuriante chevelure? Et les fossettes
nombreuses de ses joues ou nichaient les amours? Et ses
lèvres purpurines qui s'ouvraient comme la grenade aux
chauds baisers de la brise? Et la lumiere limpide, les celes
tes rayons de son regard qui transfiguraient tous ses amis?

Reconnaissez la maison, écho fidèle 'des joies et des
tristesses de ses hotes, dans ces chapiteaux brises, ces
plafonds reduits en poudre, ces noires lezardes de chemi-
nées, ces pans de murs isoles, ces poutres cassees, ces ta-
pisseries en lambeaux... Toute fleur se fane, toute vie
s'eteint, toute maison tombe !...

III

Autrefois, on la choyait, on faisait coquettement sa toi
lette, on l'éclairait de mille lustres, on vantait l'heureuse
disposition de ses salons, l'élégance de son architecture,
l'éclat de ses peintures. Et maintenant, qu'elle est impitoyablement frappée par le marteau destructeur, les passants se détournent avec dégoût de son cadavre et n'ont
que des malédictions à jeter sur elle Mais, o ma pauvre
maison! toi qui m'as abrité aux mauvais jours, réchauffé
quand j'avais froid, égayé quand j'étais triste, ton hôte ne
sera pas ingrat Il chantera tes ruines . moins tristes encore que les ruines amoncelées dans son cœur. — Elle est
morte la maison !...

IV

Que de joyeuses fêtes n'ont pas éclairé les lambris du
salon déchirés à cette heure par le pic du maçon!

La voyez-vous l'heureuse famille! — Ici, chaque soir,
à la même heure, Séraphita chantait avec son piano

quelque melancolique romance avidement ecoutée par un
Arthur au regard amoureux, pendant que la jeune sœur
folatrait avec l'angora aux pieds de sa mère, occupée a
broder les fleurs d'une tapisserie, et que le père, un livre
à la main, toujours ouvert a la même page, regardait
dans un ravissement paradisiaque ces heureux groupes
benis du ciel. — Mais les feuilles d'automne ont enlevé la
mere de famille, et ses enfants, dédaignés d'une maratre,
ont enseveli sous le blanc linceul du couvent leur bonheur
terrestre et leur beaute ! — Elle est morte, la maison !

V

Passant, qui vas si pressé a un galant rendez-vous, tu
heurtes du pied, au milieu des decombres, un monument
ou le sang a gravé une terrible histoire en ineffaçable
incrustation. Elle est tombee sur cette pierre, nouvelle
Françoise de Rimini en donnant son âme dans un dernier baiser Son mari l'avait prise enfant aux bras de sa
mère et lui avait juré un eternel amour sur les saints
autels. Mais la jouvencelle entendit bientôt le frôlement
des robes de ses rivales ! — N'est-ce pas que l'honneur du
mari était outragé par la femme infidèle et qu'il a bien fait

de le venger en fauchant sans pitie cette fleur a peine
éclose?... — Elle est morte, la maison¹. .

VI

Elle était jeune, elle était belle, elle etait spirituelle,
elle etait pauvre. Un jour le demon des âmes conduisit
l'institutrice chez une tireuse de cartes qui lui dit un ho-
roscope eblouissant. — Le roi de carreau figurait un jeune
homme blond, amoureux de la dame de pique (c'était
elle), puis vint l'as de cœur, riche mariage avec un fils de
famille! La somnambule, dans un prophetique sommeil,
la vit passer rapide sur les boulevards, traînee par l'equi-
page de la fortune. — De ce moment l'institutrice ne
dormit plus . Elle aima le roi de carreau. Pendant six
mois elle crut realiser le rêve dore de la bohemienne, mais
le septieme elle fut chassee — Heu ! c'est la vieille histoire, l'eternel chapitre de l'espoir et de la déception —
Alors elle revint folle à son troisième étage, s'enferma
dans sa chambre et etouffa en elle la vie de deux êtres. —
C'est dommage, n'est-ce pas? Oui, dommage! surtout pour
l'autre, pour celui qui allait venir au monde! — Qui sait,
disent les Juifs, c'etait peut-être le Messie? — C'était peut-

être un Galilée, un Christophe Colomb, un Molière, un Descartes, un Raphael? — C'etait peut-être un honnête homme . — Elle est morte la maison! .

VII

Jean-Claude, le maçon, lui aussi demolissait! Il faisait l'admiration de la foule quand, les cheveux au vent et l'œil en feu, il remuait sous son outil des pans de murs et des cloisons ! Or, il arriva ceci . une corniche qu'il croyait encore solide s'ecroula subitement en entraînant dans sa chute l'infortune Jean-Claude Ses camarades le relevèrent mutilé et le portèrent a l'Hôtel-Dieu, où il mourut. Sa femme et ses trois enfants sortirent de gre ou de force de la chambre du quatrième etage.

Si vous entendez moduler un gai refrain par une voix chevrotante et pleine de larmes, si vous apercevez un groupe desole sur le seuil de quelque porte cochère, donnez a la famille du pauvre maçon... — Elle est morte, la maison! ..

VIII

C'etait un celeste concert exécuté par deux éternels vir-
tuoses, la jeunesse et l'amour Les rêves aux ailes d'or vo-
letaient ça et la. Les cœurs ardents mordaient a l'illusion,
comme notre sainte mère Ève à la pomme de l'arbre de
la science. On etait si gai dans la chambre du cinquième
etage que la pauvreté riait aux eclats en entrant. Près du
ciel on ne regrettait rien des jouissances de la terre. D'ailleurs, la fantaisie peuplait ce sejour de creations fantas-
tiques Ce n'étaient que myriades d'Australie, de châteaux
de cartes, de riants paysages, de clairières perdues dans
les bois profonds. L'avenir avait colorie les murs des couleurs les plus eclatantes de sa merveilleuse palette. L'artiste devait un jour pâmer d'enthousiasme l'ancien et le
nouveau monde, l'ouvrière en dentelles roulait dejà car-
rosse, en rêve .. Elle etait si ravissante a voir à l'heure
du bal, se mirant aux rayons blafards de la lune qui ar-
gentaient un morceau de glace et lissant ses cheveux avec
la pommade de la fontaine, Un bonnet de jaconas, un col
festonne, une robe d'indienne fraîchement repassee,
composaient sa toilette. Le tout coutait 9 fr. 50 cent. Mais
la Closerie des lilas s'en contentait !

Quand le dimanche s'abattait une volée d'oiseaux voyageurs demandant le grain de mil, avec quelle dextérité
l'ouvrière en dentelles improvisait un dîner à faire honte
à Véfour! Le vin et les joyeuses paroles ruisselaient à
flots, et la grisette en riait!

Et toutes ces folles chimères de la jeunesse se sont
évanouies, comme ces bruits qui resonnent un instant
dans l'oreille et s'éteignent à peine formés. Les amis ont
déserté la mansarde. Pauvrette s'est bel et bien mariée
à un monsieur de la boutique, et l'artiste roule la Bohême.

— Elle est morte la maison !...

IX

Un jour d'orage avait emporte le rossignol de la maison
qui chantait en liberte. Il revint bientôt de l'exil, personne ne le reconnut. On avait installé chez lui un
petit-maître qui le reçut hautainement et lui rendit ses
livres et ses paperasses, en lui disant :

—Monsieur, croyez-moi, renoncez à la littérature. Vous
avez des idées, des sentiments, des opinions, toutes
choses nuisibles aujourd'hui, et qui vous ont conduit
d'où vous venez. L'art de folâtrer et de ne rien dire la

plume a la main ou de chroniquer vaguement de ci et de la, de ceci et de cela, voila notre methode, monsieur. Pourquoi donner des problemes a resoudre a ses conci-toyens ? Ne vaut-il pas mieux bercer leurs jours par des riens agreables, par des contes bleus, par des sottises, des fabliaux. La litterature serieuse a fait 'son temps, mon cher monsieur, c'est à la politique, à la litterature et aux arts frivoles que le sceptre appartient desormais. D'ailleurs, vous revenez d'exil, et pas une revue, pas une feuille de chou ne voudrait se compromettre en inserant votre prose et votre nom dans ses colonnes. C'est un di-recteur de revue qui vous le dit, monsieur.

Notre rossignol, enroue par l'exil et desenchante par le représentant de la nouvelle litterature, monta un etage et frappa a la porte d'une fauvette avec laquelle il avait chante de delicieux duos, mais qui, les ayant ou-bliés dans de nouvelles amours, lui demanda son nom.

— Comment, tu ne me reconnais pas, Lisette ? lui dit l'ancien ami.

— Oh ! caro mio, lui fut il repondu, pas de Lisette, s'il vous plait ! Aujourd'hui, je m'appelle Marco, et j'ai re-nonce à la poesie et à la pauvrete amoureuse a deux. Je ne suis plus Française, je suis cosmopolite. Je dejeune avec un Anglais, je dine avec un Allemand, et je soupe avec un Russe. Oubliez nos familiarites d'autrefois, poete

tombe, et laissez-moi à mes nouvelles destinées de grande
dame du demi-monde Tout amour finit, toute chose change !

Le poète renvoyé frappa à la porte du propriétaire, bon
bourgeois qui avait eu la complaisance de lui acheter
ses œuvres, de les lire et de lui en adresser des éloges !

— Ah ! vous êtes revenu d'exil, dit brusquement le
propriétaire à son ancien locataire, ah ! tant mieux ! Vous
allez me solder les deux derniers termes que vous me
devez et décamper au plus vite de ma maison, car vous
comprenez bien que je ne peux garder plus longtemps
un ennemi de l'ordre social, un démocrate, un progres-
siste, sous mon toit Cela me compromettrait

— Mais autrefois, M. Cotonneau, hasarda l'exilé, vous
ne raisonniez pas ainsi, vous ne tranchiez pas aussi du-
rement.

— Autrefois, répliqua M Cotonneau, j'étais un bourgeois, un prudhomme, un naïf, je tremblais devant l'opinion publique, devant les artistes, je les croyais quelque
chose. Mais c'était une illusion, une pure illusion. Nous
avons changé de méthode Maintenant, j'achète l'art, les
lettres, l'amour, et je fais l'opinion publique ! Les gens
d'esprit et les jolies filles sont mes esclaves, car j'ai le
sac ! Le locataire qui vous a remplacé, et chez lequel vous
avez laissé quelques papiers, est rédacteur de ma *Lunette*,
journal à deux sous, tiré à deux cent mille exemplaires !

J'ai une feuille, j'ai des tableaux ; je fais écrire sous mon nom des romans, des comédies. Je reçois dans mes salons les financiers, les lettrés, les hommes considérables, les femmes à la mode, que mes collaborateurs m'amènent complaisamment Vous voyez donc bien, monsieur, qu'avec vos idées desorganisatrices et votre engouement de la critique, vous ne pouvez loger sous mon toit, dussiez-vous payer d'or toutes les chambres. Déménagez au plus vite, car si vous restiez un jour de plus ici, l'administration verrait mon journal la *Lunette* d'un mauvais œil... sans calembour, ah ! ah ! On n'a pas que le sac, on a de l'esprit ! Ce que c'est que de le payer et d'en acheter !

Le poète, éconduit par le banquier-propriétaire-journaliste, monta au dernier étage de la maison, au cinquième étage Il trouva Jean le menuisier qui lui sauta au cou avant qu'il eût prononce une parole. Il vit la femme et les enfants de l'ouvrier qui grelottaient auprès d'une cheminée vide.

— Il n'y a donc que la misère qui n'ait pas changé à Paris, murmura-t-il. On ne l'exile pas, cette mégère-là ! Allons, brave Jean, vends mes meubles, garde la moitié du produit, et envoie-moi le reste a New-York. Je me fais citoyen américain.

Le poète embrassa Jean, sa femme et ses enfants, prit son bâton et reprit la route de l'exil.

Tout amour finit, toute nation degenère, toute maison
tombe.

X

Il jouait le roi absolu dans sa loge de portier ! Les ie-
volutions avaient passe devant lui sans le toucher de leur
aile. Aussi ne croyait-il jamais être détrôné. Il avait si
bien son nid dans cette maison qu'il s'imaginait en etre
le proprietaire. — Elle etait à la fois son âme et son enveloppe, sa substance et sa carapace. — Que de fois, mon
Dieu ! il avait tire le cordon, quelle procession de locataires il avait vu defiler devant lui ! — Des pauvres et des
riches, des lions et des proletaires, des dames parfumees
et des grisettes pimpantes, des vierges sages et des vierges
folles, des medecins et des fossoyeurs, des ouvriers et des
banquiers, des petits-maîtres et des laquais, des avocats et
des dentistes, des poetes et des marchands, des hommes
d'affaires et des comediens, des bipedes de tout genre et
de toute couleur !

C'est lui qui aurait pu nous raconter victorieusement
l'histoire de la maison en ruines. Il recevait le journal,
les lettres, les commissions, les mots a l'oreille, les rendez-vous, les confidences, les secrets de chacun. Et il ne

trahissait personne ! Il savait des intrigues à rompre un million de vaudevillistes ! Il savait pourquoi la grisette descendait au salon et pourquoi la grande dame montait au grenier, pourquoi le marquis allait en voyage et pourquoi la marquise au bois, pourquoi monsieur mettait un gilet blanc et madame un châle aurifère, pourquoi celle-ci avait la migraine quand celui-là se rendait au théâtre, pourquoi telle locataire était pâle et telle autre enluminée, pourquoi l'un riait et l'autre pleurait, pourquoi ceci, et pourquoi cela. Aucun chassez-croisez, aucun entrechat ne lui échappait. Momifié dans sa loge comme un Égyptien dans sa crypte, il suivait d'un œil d'Argus tous les fils de la trame.

Et pourtant, un homme, habillé de noir comme un croquemort, un architecte, vint un matin lui dire brusquement, sans ménagement ni considération : — Portier, dans un mois, il faut que vous ayez deguerpi avec vos locataires on abat la maison ! Le portier repondit par une attaque d'apoplexie foudroyante. Il traîna misérablement sa vie jusqu'au jour fatal ou les Vandales mirent la cognée a l'arbre, jusqu'au moment dramatique, ou le premier coup de pioche retentit sur son eglise. Il mourut dans sa loge, le portier, comme un brave soldat sur le champ de bataille, comme un Romain drapé dans sa toge Nouveau Samson, il s'ensevelit sous les ruines du temple, il rendit le dernier soupir avec la maison. — Toute fleur se fane, toute vie s'eteint, tout tombe!

XI

Pourquoi jeter la folle plainte au vent? La vie est eternelle, et toutes ses manifestations subissent les phases de la mort et de la renaissance. — La nature se voile en hiver pour se montrer plus radieuse au printemps Les feuilles seches tombent en automne pour faire place aux verts bourgeons de mai. Les ruines ne sont elles-mêmes que des transformations. La séve de la création fermente toujours et circulera jusqu'a la fin des siècles qui ne finiront pas!

Plus de pleurs sur la maison en ruines! Laissons en repos ses décombres, muets temoins de tant de crimes privés et de tant d'actes de vertu, de tant de choses tragiques et comiques S'il fallait raconter ces luttes titaniques, ces spasmes, ces fols espoirs, ces amères déceptions, ces sauvages imprecations, ces sanglots terribles, ces actions convulsives, ces fievreuses aspirations, ces rires étranges, ces paroles mystiques, ces dialogues intérieurs, ces scenes inouies contenues entre les quatre murs d'une maison, les volumes chevaucheraient comme d'impetueux coursiers du desert. Et le temps des Benédictins est passe !

La voyez-vous qui surgit de terre la maison nouvelle ! Des millions de bras industriels, de têtes savantes et de cœurs artistes y travaillent. Les impurs cloaques ont disparu, les greniers obscurs se sont evanouis. Le soleil flamboie sur ses rosaces et pénetre chez elle comme a travers les feuilles dentelées de l'olivier. Chaque generation lui apporte sa pierre cimentee de son sang et de ses sueurs. Elle a pour fondement la justice et pour couronnement l'amour de l'humanite.

A genoux, enfants ! C'est vous qui habiterez le palais de nos rêves, la Cité ouvrière benie de Dieu et chantee par les anges ! — Toute fleur renaît, toute vie ressuscite, toute maison se relève !

LES DÉSESPÉRÉS DE PARIS

LES DÉSESPÉRÉS DE PARIS

Chaque annee, le Nouveau-Monde et les colonies de la Fiance et de l'Angleteire font une saignee de tiois cent cinquante a quatie cent mille ámes à la vieille Europe, sans que la maiatie songe à se plaindre de cet appauviissement de sante et de population, ou cherche a retenu dans les mailles de son filet le menu fietin qui s'en echappe Ce sont les Irlandais qui, par milliers, fuient les iivages de la verte Eiin, pour cherchei un pays ou la pomme de teire ne manque pas a la faim ; ce sont les Allemands nomades, qui semblent se souvenir de leur mystérieuse oiigine asiatique et des instincts errants de leuis anceties, ce sont aussi des Français, des Loriains et des

Alsaciens surtout, ce sont les poètes de toute contrée,
oiseaux voyageurs, qui ne peuvent supporter la prison
bourgeoise.

Ce n'est pas sans attendrissement, n'est-ce pas? que vous
avez vu passer ces emigrants dans les villes, dans les ports,
par troupes de cent, de soixante individus, ceux-ci montrant la corde d'une vieille redingote, celles-la avec un
chapeau fripe et une robe d'indienne, les plus ages ou les
plus devoues marchant en tête du bataillon, les femmes et
les enfants au centre, les jeunes gens fermant la marche
Vous avez certainement deploie leur misère, leur detresse,
et vous avez lu sur leurs visages assombris tous les dou-
loureux poemes de l'exil, si bien peints par la grande
parole de Danton : « Emporte-t-on la patrie à la semelle de
ses souliers ? »

Quant a moi, toutes les fois que sur mon chemin a
passe le convoi de l'emigration, je l'ai religieusement
accompagné jusqu'a la gare et jusqu'au port, en m'unis-
sant de cœur a ceux de mes frères qui allaient dire adieu
a la France. Un jour de mai de l'annee 1854, revenant
d'Afrique, je me trouvais a Marseille. J'avais suivi une
colonne d'emigrants parisiens parmi lesquels j'avais
reconnu un vieil ami, et j'etais entre avec eux dans l'auberge de la Marine. Plusieurs emigrants, ayant sans

doute remarque ma sympathique déférence, m'invitèrent
a prendre le repas avec eux.

J'acceptai. On s'assit sur un banc circulaire fixé au sol,
autour d'une table etablie et consolidee de la même façon,
et l'on dina d'une soupe aux choux, de lard et de fromage,
le tout arrose d'une excellente piquette Je regardai beaucoup plus que je ne mangeai, tant le spectacle que j'avais
devant les yeux etait etrange. Les convives de ce festin
spartiate formaient entre eux les contrastes les plus
criards J'etais place entre une femme à la robe de soie
fletrie et plissee comme son visage, et une candide jeune
fille en robe de bure. Devant moi, une figure maceree de
Christ à la couronne d'epines contrastait avec des têtes
rustiques de laboureurs La lumière incertaine d'une lampe
fumeuse eclairait tous ces personnages, qui formaient un
tableau à la Rembrandt.

Le dîner achevé, contre l'habitude française, les convives restèrent silencieux, mornes. Par l'entre-bâillement
de la porte, on voyait osciller au mouvement de la vague
le bateau a vapeur qui, dans quelques heures, allait em-
porter les emigrants. Etait-ce la vue de ce navire de l'exil
qui paralysait les langues de ces pauvres gens, ou bien
les ombres du foyer perdu planaient-elles dans la salle
de l'auberge et evoquaient-elles le souvenir des grands-
parents, de la douce fiancee, laisses au village, des fer-

mes, du paysage, de la perspective que le regard aimait
tant à caresser? Il fallait jeter toutes ces habitudes du
cœur dans l'océan sans limites, recommencer une nouvelle existence, se créer un autre monde. Les larmes étaient
dans tous les yeux. Le poids de l'inconnu oppressait toutes les poitrines J'étais spectateur impuissant de ces
douleurs morales. Heureusement, l'homme au visage de
Christ rompit le silence général, et détourna par sa parole
sympathique les pénibles préoccupations des émigrants

— Mes enfants, leur dit-il, nous sommes semblables à
l'épave jetée à la côte après le naufrage, nous sommes
semblables aux feuilles d'automne détachées violemment
de l'arbre et roulées par les chemins loin de la forêt, à
la caravane perdue au désert et que le simoun menace
d'engloutir sous les vagues de sable. Nous sommes la
tribu des Désespérés Si je prête une voix à vos souffrances, c'est que je les ressens vivement, et que, nomme
chef de votre caravane, je puis me permettre de vous
interroger Nous allons coloniser en Algérie et habiter un
village de la province de Constantine. Puisque nous
avons un intérêt commun, pourquoi ne rapprocherions-
nous pas nos cœurs et nos esprits? Parmi les quinze
personnes de notre caravane, il n'en est pas deux qui se
connaissent. Ne pensez-vous pas qu'une confession fraternelle nous rendrait plus confiants mutuellement, plus

resolus, plus forts contre les eventualites de notre expatriation ? Enfin, au moment que nous quittons patrie et famille, ne sentez-vous pas comme moi la necessite de nous creer, par une communion morale, par la revelation de nos souffrances, de nos desirs, une autre patrie et une autre famille ?

Tout le monde applaudit a la proposition du chef de la tribu des Desesperes, qui ouvrit la confession generale par la sienne .

— Je me nomme Pierre Michelot, dit-il, et je suis Parisien J'ai commence par le metier de ciseleur en bronze Peu à peu mes gouts s'eleverent, grâce aux serieuses etudes que je faisais apres le travail de l'atelier j'entrepris la sculpture. Une Niobé fut reçue au salon d'exposition. Je crus mon avenir assure , je me livrai en toute confiance a mon art. Malheureusement, de miserables passions vinrent m'en distraire Je perdis au sein des plaisirs, des surexcitations, les precieuses facultes qui m'avaient eleve au grand art, mes marbres furent refuses, je tombai dans la misere, et, pour avoir oublie que la vie morale est mere du talent, je suis reduit a m'expatrier

Telle est ma triste histoire, mes amis Maintenant, si vous ne croyez pas devoir me maintenir comme le chef de votre tribu, je suis pret à ceder cette situation a plus digne que moi

Pour toute reponse, chacun des auditeurs alla serrer
la main de Pierre Michelot L'artiste tombe sembla emu
de ce temoignage d'affection.

— Je vais suivre l'exemple de notre chef, dit un homme
a la forte encolure, au visage rustique. J'ai laboure la
terre d'autrui pendant trente annees, j'avais pris dans la
Sologne une ferme qui comptait plus de pierres que de
mottes de terre A force de travail, je parvins a creer
une belle ferme, où je croyais finir mes jours Mais je
comptais sans la mort du proprietaire lui-même. Son fils
me chassa sans pitié de ce bien tant travaille de mes
mains, de cette ferme ou etait morte ma pauvre femme,
me laissant la petite fille que vous vovez à mon coté

Ce rude travailleur, au souvenir de sa femme morte et
de sa ferme perdue, ne put retenir deux grosses larmes,
qui tomberent dans deux sillons de son visage comme
dans des rigoles La petite fille, voyant son pere pleurer,
fondit en larmes, et l'emotion gagna l'assistance

— Cette enfant, dit Pierre Michelot, est notre. Les dames
qui partent avec nous lui serviront de mère. Consolez-
vous donc, ami, et ecoutez avec moi la confession de nos
autres compagnons.

Répondant a l'appel de l'artiste, un homme en blouse,
a la physionomie intelligente et a l'allure energique, prit
la parole

— Nul plus que moi n'a lutté contre la mauvaise fortune à Paris, commença-t-il. Ouvrier graveur sur bois, assez bon dessinateur, je me mis martel en tête pour les inventions industrielles. Le jour, je gagnais mes huit francs, et la nuit je travaillais, je dessinais, je cherchais. Ma première invention fut un cabestan mobile et se repliant sur ses axes, qui permettait d'élever les plus lourds fardeaux, ou de les abaisser avec la plus grande facilité. Je portai le dessin à exécuter à un maître mécanicien, qui me vola mon idée et prit le brevet d'invention avant moi. Toutes mes réclamations furent vaines. Je me remis au travail Cette fois, j'eus l'idée de créer une pompe aspirante pour distribuer l'eau à volonté dans toutes les maisons. Pour la construction très-coûteuse d'un appareil, je m'associai avec un capitaliste, qui me joua le même tour que mon mécanicien. Ces deux voleurs d'idées feront fortune avec mes découvertes, quant à moi, devenu myope et ne pouvant plus graver mon bois, j'ai eu faim et froid. Réduit à la dernière extrémité, j'ai dû prendre le parti de quitter ce pays, où l'on détrousse les inventeurs en plein jour

— Quoi qu'il m'en coûte, je dois avoir la même franchise que mes compagnons, fit un blond jeune homme, dont les yeux étaient éteints comme ceux d'un vieillard Je me nomme Charles de Balpert. Je quittai la petite ville de Loudun pour venir brûler les ailes de ma jeunesse a Paris Inutile de vous dire que je semai mon or sui les pas des reines de théâtre, que je jouai à la Bourse et que je fis courir sur le turf ! Ces divers jeux m'allégèrent d'un petit patrimoine de cent mille francs.

Réduit à ma plus simple expression, on voulut me marier à une affreuse petite bourgeoise aux écus abondants J'avoue que je sentis alors courir dans mes veines le sang fier de ma race, et que, pour ne pas me vendre avec mon nom, j'acceptai au chemin de fer du Nord une place de quinze cents francs Après avoir perdu, par mon inexactitude, cette modique position, j'ai dû songer a l'expatriation, à la colonisation, et voilà comment, mesdames et messieurs, je me trouve parmi vous.

— Ne vous lamentez pas trop haut, dit en se levant un homme aux cheveux grisonnants, au sourire amer, de vous tous je suis le plus à plaindre, car avec ma fortune j'ai perdu l'honneur.

A cette révelation, un mouvement de surprise se produisit dans la tribu des Desesperes

— Je suis un failli, reprit douloureusement l'homme qui venait de faire le triste aveu de son déshonneur, je suis un banqueroutier ! J'ai expié ma faute, ou plutôt celle de la femme dont j'ai dû me separer, car c'est elle qui m'a conduit a la ruine par ses fastueuses toilettes,

par son amour effréné du luxe, qu'il fallut satisfaire,
sous la menace terrible de guerre intestine. J'essayai de
lutter contre sa passion, mais vainement Quand je refu-
sais a ma femme un plaisir coûteux ou une splendide
parure, c'était une lionne déchaînée , j'étais obligé de
fuir la maison. L'amour, la faiblesse, eurent raison de ma
résistance J'abandonnai à ma femme les clefs de la caisse ,
j'altérai mes livres pour qu'elle vécût dans l'opulence. Le
jour ou la vérité fut connue, ma femme se retira chez ses
parents, et j'entrai en prison Ma peine expirée, je crus
retrouver la tendresse de ma compagne; mais ses parents
avaient eu le soin de la détourner de son mari malheureux. une liaison coupable avait d'ailleurs facilité leur
tâche. Toujours est-il que ma femme n'a pas voulu
accepter la misère en compagnie de son mari ruine, perdu
pour elle, et que me voyant seul, je n'ai pas eu la vail-
lance de rester ici, de lutter contre le préjugé qui marque
éternellement l'homme atteint par la justice.

— Ma parole d'honneur, mes amis, — s'écria en accom-
pagnant son exclamation d'un rire strident un des membres de la tribu des Desesperes, dont la physionomie
martiale et joyeuse contrastait avec l'aspect funèbre de
ses compagnons, — nous formons une véritable « cour
des miracles » dans cette auberge ! Tous persecutes,
tous ruines !... Laissez-moi mettre mon grain a votre

chapelet Moi aussi j'ai bataille sans profit pour moi, je
suis fils du guignon Appartenant a la bohême parisienne,
peuplee de grands hommes en herbe, de talents aussi
inconnus qu'immenses, j'ai essaye de tout du crayon,
de la plume, du pinceau, de la barrette. Mes tableaux
ont orne la boutique du marchand de bric-a-brac, mes
pieces ont ete sifflees, mes romans n'ont pas trouve de
lecteurs , mes journaux, pas d'abonnes, ma capacite
d'avocat, pas de clients

Furieux contre moi-même et contre la dest nee, j'allai
faire le coup de mousquet au Mexique, pour le compte
des liberaux, bien entendu. Je suis liberal, il faut vous
l'avouer Je tiens au liberalisme, qui m'a fait crever de
faim depuis que je sers sa cause, la plume ou les armes a
la main Ne doit-on pas mourir de son opinion ? Releve
pour moi t a Mexico, je comptai mes membres, comme il
n'en manquait aucun, je les rapportai en France avec
beaucoup de gloire et fort peu d'or Las de tant d'accrocs
sans profit, j'ai pris la resolution de me faire colon.

Toutes les mains serrerent la main du spirituel et cou
rageux volontaire, qui fut complimente par les dames de
la tribu

— Mes amis, dit Pierre Michelot, au milieu des manifestations de la joie generale, nous recueillons les fruits
de notre franchise, car nous avons tous loyalement

confesse nos fautes passees, si ce n'est pourtant un absent qui, de Paris, doit venir nous rejoindre ici   et qui tarde bien c'est M Gaston Maurevelle.

— Me voici present a l'appel ! s'ecria un individu en ouvrant la porte de la salle de l'auberge, et la renfermant aussitôt sur lui, de quoi s'agit-il ?

A son entree, le laboureur et les trois dames de la tribu se leverent brusquement, comme s'ils eussent reconnu le nouveau venu.

Getait un etrange personnage. Ses yeux, brillants comme l'acier, eclairaient une figure pale et amaigrie Il portait un habit noir troue aux coudes, une cravate de satin couvrait presque entierement une chemise d'une couleur douteuse, dont les manchettes sales etaient jointes par des boutons de metal, des gants dechires decouvraient de blanches mains, et des souliers vernis. creves a plusieurs endroits, laissaient voir un bas de soie d'une ancienne splendeur la misere en habit noir '

— Je vous demande pardon, monsieur, dit Pierre Michelot, si j'ai prononce votre nom en votre absence, mais, ayant pris la resolution de nous connaître mutuellement, de faire notre confession .

— Pourquoi faire ? brusqua Maurevelle, qui avait jete un coup d'œil du côté des femmes. Une confession pour ceux qui passent la Mediterranee ' Evidemment, on ne va pas en Algérie comme à Pontoise, et chacun a ses raisons derrière soi Devant soi l'avenir, l'inconnu, l'espérance pour voile, le nouveau rivage au port! Oh ! les visages que l'on reconnaît ! Supplice des supplices ! Visages tartufes, visages composés, visages d'anciens amis. Où les fuir, mon Dieu? — J'en suis fâché pour vous, messieurs mais je ne suis pas l'histoire que l'on raconte, que l'on colporte, je suis le passé enseveli à jamais, je suis le héros muet !

— Vous m'avez donc reconnu, monsieur Maurevelle, que vous ne voulez pas parler ? s'écria, menaçant, l'ancien fermier de la Sologne.

— Toi, Jacques Durier? ne put s'empêcher de dire l'individu interpellé.

— Vous m'aviez pourtant bien regardé en face, lorsque vous me renvoyâtes de la ferme de votre père, ce qu'il n'aurait jamais fait, lui, car il savait, — et vous le saviez aussi, — que trente années de ma vie avaient été consacrées à cultiver et à fertiliser cette ingrate terre de Sologne En me chassant de la ferme, vous m'avez dépouillé, vous m'avez volé !

Maurevelle baissa la tête sous l'accusation et ne dit mot

— Vous avez raison, monsieur, reprit une jeune femme au visage flétri, et dont les vêtements attestaient une opulence perdue, vous avez raison de vous refuser à la

confession, car vous seriez oblige d'avouer qu'apres avoir
seduit une jeune fille et l'avoir amenee à Paris, vous
l'avez indignement abandonnee a la honte et à la misèie
qui l'ont conduite à la degradation... Vous m'avez perdue,
monsieur Maurevelle !

— C'est vous, Juliette ! vous ! . s'ecria Maurevelle,
effraye de la detresse où il voyait sa victime.

— Et, moi, monsieur, me reconnaîtrez-vous? dit une
jeune femme en fixant les yeux sur ceux de Maurevelle.
J'avais fait l'education de vos deux sœurs, je les avais
elevees, et parce que j'ai résiste à votie seduction, vous
m'avez calomniée aupres de votre pèie et de vos sœurs,
et vous m'avez fait expulser de la maison. Une institu-
tice dont la reputation est compromise ne tiouve plus
d'emploi a Paiis Repoussee de tout le monde, j'ai mesure
le fond de l'abime où vous me voyez aujouid'hui ; je me
suis vue exposée à la pitie des passants.

— C'est vous, monsieur, s'ecria a son tour le commerçant banqueroutier, qui en egarant ma femme, en lui sug-
geiant l'oubli de tous ses devoils pour la satisfaction d'une
passion criminelle, avez cause sa perle et la mienne
soyez maudit !

— Oui, je suis maudit, murmura Maurevelle d'une
voix sombie ; oui, j'ai cause votie ruine, et celle de
Jacques Duiier, et la votre, Juliette, et la votre aussi,

Éléonore et celles de beaucoup d'autres qui ne sont pas ici Ma vie a été tissée de débauches et de crimes Mais croyez-vous que je ne me suis pas frappe moi-même plus que vous ne sauriez me frapper? Croyez-vous que le sort ne vous ait pas bien vengés? Regardez-moi, voyez mes haillons. Il y a quelques jours encore, j'avais des domestiques et des amis. Sans une lumière intérieure qui m'a éclaire sur les énormités de ma conduite, sans le remords qui m'a transforme et m'a inspire la résolution de réparer mes fautes, mes crimes, croyez-vous que je n en eusse pas fini avec l'existence? . Si vous ne me croyez pas sincère, rien ne vous force à m'accueillir. La terre est large, et l'homme de repentir saura trouver son chemin. Adieu!

— Monsieur Maurevelle! s'écria Pierre Michelot, en l'arrêtant du geste, je crois bien interpréter les sentiments de ceux-là mêmes que vos actes ont blessés, en vous disant de rester parmi nous. Vos nobles paroles, prononcées avec un accent de sincérité qui ne trompe pas, sont dictées par une résolution sainte, que personne de nous, je crois, n'est dispose a entraver.

Tous les auditeurs approuvèrent le grand mouvement de Pierre Michelot.

—Eh bien! répondit Maurevelle en revenant sur ses pas, puisque vous m'avez entendu, je jure devant Dieu et

sur ma foi d'homme aspirant a reconquerir l'honneur,
que mes derniers jours seront consacres a la reparation
du mal que j'ai fait Comme j'ai cte dans le passe un
homme de debauches et de crimes, je serai dans l'avenir
un homme d'austerité et de devouement , je le jure !

On s empressa autour de Maurevelle pour lui prodiguer
les plus affectueuses consolations C était une veritable
joie de famille qu interrompit la parole sympathique de
Pierre Michelot

— Mes amis, dit-il, il est temps de partir. Midi va
sonner, et le bateau a vapeur n'attend pas

Je me rendis sur le port avec les emigrants, qui s'em-
barquerent joyeusement Je n'abandonnai le quai qu'apres
avoir vu leur bateau sortir de la passe, et s'evanouir a
l'horizon l'epaisse fumee noire de la machine chauffee a
toute vapeur.

Je croyais leur avoir dit un adieu eternel, mais en 1858,
me trouvant dans la province de Constantine, je m'infor-
mai de ma tribu « des Desesperes » Elle habitait le village
de l'Arbah, a quelques heues de Guelma Le cœur me battait fort quand j'entrai dans une oasis de verdure formée
par de grands arbres et de coquettes maisons baties a l'eu-
ropeenne, qui formaient le plus etrange contraste avec les
flancs grisatres et denudes de hautes roches dont les
assises entouraient ce nouveau centre de colonisation.

Mille questions se pressaient en moi. Allais-je retrouver
vivants tous mes anciens amis? Leur union de famille
avait-elle durée? Maurevelle avait-il tenu sa parole? Ce
fut précisément lui que je rencontrai à l'entrée de l'Arbah
Allant au-devant de mes doutes, il s'empressa de m'annoncer qu'il était marié et père de famille Il avait
épousé cette Eléonore, qui lui avait fait des reproches si
sanglants à Marseille Il m'apprit aussi que la femme du
failli était venue retrouver son mari en Afrique, qu'elle
avait oublié toutes ses anciennes coquetteries, et mis de
côté son amour du luxe, pour ne songer qu'à ses devoirs
conjugaux. Je retrouvai complète ma tribu parisienne
mais quel changement depuis Marseille! Ce n'étaient
plus ces visages livides sur lesquels on lisait les deceptions
du passé, les amertumes du présent et l'inquietude de
l'avenir, c'etaient des physionomies souriantes et heu-
reuses. Par le travail et par l'amour, mes anciens amis de
Marseille s'etaient créé une nouvelle existence. Ils avaient
trouvé dans l'Algérie la généreuse patrie qui ouvre ses
bras à tous les desesperes sans distinction de rang ni de
fortune, ils avaient bâti de leurs mains leur maison,
entourée d'un jardin planté d'arbres. La propriete acquise
par le labeur est la base de la famille heureuse Le nid est
doux quand la mère et les petits n'y ont ni froid ni faim

Les plus instruits d'entre eux servaient de maîtres

d'ecole ou de comptables, pendant que les plus robustes cultivaient la terre, enfin mes desespeies de Paiis étaient parfaitement consoles sur la terre d'Afiique

CI-GIT PARIS

CI-GIT PARIS

Paris se trouve dans un singulier embarras Il a des boulevards tout battant neufs, des squares à l'instar de Londres, de nouvelles casernes, un nouveau tribunal de commerce, de nouvelles rues, et il n'a pas de cimetières du moins, les siens regorgent de cadavres, et il ne saura bientôt où placer son *hic jacet*, en un mot, il cherche sa nécropole.

La ville de Paris a proposé de l'établir à Méry-sur-Oise Pontoise, toujours bonne fille, a accepté avec enthousiasme, mais quelques-uns de ces excellents voisins de banlieue qui aiment tant la capitale, dont ils vivent d'ailleurs, ont trouvé mauvais que le département de

12

Seine-et-Oise pût un jour être condamné à recevoir la
depouille mortelle des Parisiens, et a supporter les rails
du chemin de fer mortuaire, — car il y aura un chemin
de fer des morts. C'est alors qu'on pourra s'ecrier *les
morts vont vite !*

Vendre fort cher des choux, de la salade et des carottes
aux Parisiens ; s'enrichir aux dépens des vivants, passe
encore ! Mais recevoir les morts, jamais ! Contrairement a
la parole attribuee a Charles IX, certains habitants de
l'Oise pensent que les corps des ennemis et des clients
decédes sentent mauvais.

Cependant, moi qui vous parle, je suis fort perplexe
en ma qualite d'habitant de Paris, je voudrais bien savoir
ce qu'on fera de ma *dépouille mortelle*, car le citoyen n'est
pas fâché de savoir le matin dans quel lit il couchera le
soir.

Or, puisque les cimetières de la capitale sont presque
combles, et que certains habitants de l'Oise ne paraissent
pas disposés a accueillir nos cadavres avec des sourires,
que deviendront les depouilles des Parisiens ?

Les enterrera-t-on *intrà* ou *extrà muros* ? Au Père-
Lachaise agrandi, a Mery-sur-Oise, a Montrouge ou d
Etampes ?

Les mettra-t-on en chemin de fer, grande vitesse pour
les convois de première classe, petite vitesse pour les

convois pauvres, ou les conduira-t-on pedestrement au cimetière ?

Je demande a être fixé, a savoir par quelle porte je sortirai de la vie.

Le comedien et la comedienne feraient une piteuse figure, une triste grimace s'ils n'avaient pas de coulisses ou ils pussent rentrer, quand ils ont débite un rôle comique ou dramatique, et sans être aussi fanatique de momies et de tombeaux que les Égyptiens, chacun desire cependant savoir ou reposeront ses os.

Il y aurait un moyen extrême pour les Parisiens de connaître leur dernière demeure Ils pourraient se rendre aux camps de Satory, de Châlons, ou au Champ-de-Mars, quand les baraques de l'Exposition universelle en auront ete enlevees, et la, se partageant en deux camps, après l'*Ave Cæsar, morituri te salutant* des gladiateurs antiques, ils se livreraient au combat acharné jusqu'à ce que mort s'ensuive

Du moins ils seraient certains d'être enterrés où ils tomberaient, comme les braves soldats sont jetes encore chauds dans les tranchees ouvertes du champ de bataille.

Mais ce retour a la barbarie de l'antiquité paraîtrait peut-être excessif dans un temps ou tout le monde tient a vivre avant tout, sans se soucier, a l'excès, de dignite, de gloire ou de liberte.

Je 1eviens donc à une pioposition plus modeste que j'ai faite a mes contemporains, apiès M. Bonneau, de l'*Opinion nationale*, et qui consisteiait a brûlei les moi ts et a laisser chaque famille emportei les cendres des siens dans son foyer.

Une uine vaut bien un cercueil vissé, c'est plus piopre, et cela tient moins de place ; en outre, on peut la contempler a toute heuie de la journee, sans derangement ni fatigue.

L'inciné1ation des anciens n'elait-elle pas prefeiable a notre inhumation ? N'était-il pas plus iationnel, plus pieux, de biûler un coips et d'en recueillir pieusement les cendres que de le livrei entre quatre planches a une hoirible decomposition, a une putrefaction qui mephitise l'atmosphère et choleiise les vivants ?

Un fait capital milite poui l'incineration, c'est l'accumulation, la multiplication des ossements humains Dans quelques milliei s d'annees, avec le systeme aotuel de sepulture, la teiie, jeune encoie, sera litteralement occupee par les morts, ce qui serait peut-êtie fastidieux poui les vivants dont toutes les propiietes se trouveiaient tiansfoimees en cimetiei es.

Déja Paiis ne peut plus contenir ses morts qui pullulent Jamais on n'elait deoéde avec un tel acharnement dans celte giande ville embellie par M. Haussmann, ou la

vie est si dispendieuse qu'y promptement mourir est une
véritable économie, car ses deux millions d'habitants doivent se surmener, s'ereinter et se tuer pour payer leurs
propriétaires, habiller leurs femmes et nourrir leurs enfants. Les faillites, les phthisies, les folies, les ramollisse-
ments du cerveau, les accidents cérébraux se multiplient on devient fou, on meurt a l'hôpital ou l'on se
suicide.

Rien n'est plus facile, sans doute, que de faire faillite a
la société, que de se pendre, de se poignarder ou de s'as-
phyxier un peu de charbon, une lame ou un bout de
corde suffisent Mais si les trop nombreux suicides avaient
réfléchi a la situation intéressante de Paris qui commence
a être embarrasse de loger ses cadavres, evidemment
cette haute considération les aurait retenus au bord de
l'abime

Ma proposition de crémation des cadavres, d'incinéra-
tion des corps, ferait cesser toute perplexite, mettrait
d'accord M Theodore Barrière exaltant le genie funebre
de M Haussmann et sa nécropole de Mery-sur-Oise, avec
notre confrère Louis Jourdan se faisant l'avocat des anti-
necropolistes d'Epinay. En outre, le Parisien, craignant
toujours, en sortant de chez lui, de recevoir sur la tete le
moellon d'une maison en construction, ou d'être écrase
sous les roues d'une voiture, serait ravi de savoir qu'en

cas d'accident il doit être brûlé et renfermé dans une urne de bronze ou d'argent, suivant les moyens de sa famille Il marcherait d'un pas plus ferme dans la vie et dans la rue.

Et Paris ne chercherait plus son *Ci-Gît !*

L'ecole jesuitique seule qui, pendant quinze siècles a condamne l'humanite à la pourriture du cimetière, rive l'homme à la mort et au cadavre, *perinde ac cadaver*, selon la parole de Loyola, serait inquiète de sa vallée fantastique de Josaphat ou les cadavres doivent se lever et ressusciter pour le jugement dernier avec l'armature de leurs squelettes Mais la science a victorieusement demontre qu'ils ne se retrouveront là, comme ailleurs, qu'a l'etat de phosphore, d'azote. d'oxygene, de carbone et d'hydrogène.

D'ailleurs, contrairement à l'ecole jésuitique, nous ne voulons imposer a personne son *columbarium*, son dernier tiroir, son dernier portefeuille, pas même a MM les ministres ! Il nous paraîtrait juste que chacun eût le droit par testament de choisir son genre d'inhumation, le cercueil ou la cremation, l'enterrement ou le bûcher

Nous demandons la liberté de la mort Sommes-nous assez modestes ?

TABLEAU DE L'EXPOSITION UNIVERSELLE

DE PARIS

TABLEAU DE L'EXPOSITION UNIVERSELLE

DE PARIS

I

En 1867, le voyageur, l'étranger se trouvait assez perplexe lorsque des hauteurs du Trocadero son œil embrassait les campagnes des deux rives de la Seine, les hauteurs boisées de Meudon, de Saint-Germain, et le palais de l'Exposition universelle qui lui apparaissait comme un gigantesque vaisseau pavoisé des drapeaux de tous les peuples, il se demandait s'il devait abandonner la nature pour la civilisation, et si une excursion au milieu des bois ne valait pas mieux qu'une fatigante revue à passer

dans ce dock du Champ-de-Mars ou les hommes et les nations avaient entassé les resultats et leurs efforts, de leurs
fatigues seculaires pour enfanter une civilisation exte-
nuee, surmenee, boiteuse et couteuse qui ne satisfait ni
leur cœur ni leur esprit.

Cependant il fallait ceder à la mode, à l'engouement,
et suivre la foule disait Bilboquet, au palais des merveilles exposées [1]

La première impression ressentie par le voyageur, en
entrant dans le parc de l'Exposition, etait celle d'un curieux qui penètre dans le capharnaum d'un marchand
de bric-à-brac où un pêle-mêle de marchandises de
differente nature produit les tons les plus criards, les
heurts les plus violents : c'etait l'image du chaos, c'etait
une tour de Babel figurée par tous les ordres possibles
d'architecture, par des arsenaux et des temples, des usines et des chapelles, des clochers, des dômes et des che-
minees de haut fourneau, des tours et des phares, par des
eglises de tous les cultes . une mosquee à côte d'un temple
boudhique, une synagogue en face d'une eglise catholique et d'une maison protestante. A peine aviez-vous eu
le temps de lever les yeux sur les échantillons des religions de notre globe que vous receviez a pleines mains
et gratuitement des petits carres de papier imprimes en
toutes les langues, dont le contenu vous invitait a adorer

Brahma, Bouddha, le Grand-Lama, Allah, Mahomet..... et tous les saints du paradis chretien !

Pour un philosophe ennemi de l'anthropomorphisme, qui n'adore que ce qu'il connaît et comprend, l'embarras etait très-grand. Quelle divinité choisir? Et comment ne pas paraphraser l'expression de Diogène · « Que de dieux dont je n'ai pas besoin ! »

II

Les spectacles variés, les chinoiseries du parc pullulaient comme les dieux et comme les cultes. Asiatiques, Africains, Européens s'exerçaient à faire la plus amusante grimace, a laquelle repondait le sourire engageant des femmes de tous les pays, le *flirtage* des sirènes cosmopolites qui, la nuit venue, se livraient à leur petite industrie dans le *palais du commerce* en trafiquant, sous le coup de fouet de la misère ou des besoins factices du luxe, du plus grand sentiment que la nature ait donné a l'être pour assurer son bonheur.

Cette loi éternelle qui gouverne le monde : l'antinomie, le désaccord, la contradiction, le contraste et l'antithèse, éclatait partout a l'Exposition. L'industrie exposait à la fois les engins de destruction et de conservation de l'es-

pèce humaine; les bateaux de sauvetage et les artilleries,
les boulets en fer et les dragees en sucre, les poisons et
les elixirs, les douleurs et les joies de la vie civilisee,
comme la Prusse qui avait entouré ses canons monstres
de la fonderie Krupp, ses fusils a aiguille et ses casques
legendaires, de bibelots charmants, de vêtements de luxe,
de livres qui prêchaient la fraternité des peuples, et de
pianos qui jouaient des villanelles !

Tandis que l'industrie du Nord et de l'Occident recherche
plus volontiers le solide et le sévere, l'Orient et le Midi
aiment l'éclat, le faste, l'inutile, le clinquant, l'or sur les
habits plutôt que dans la poche.

Même diversité, même anarchie, même contradiction
dans les différents points de vue des visiteurs. Il semblait
que chacun d'eux eût apporté une lorgnette differente

Ainsi les coquettes et les gandins, les célimènes et les
petits-maîtres se figuraient que tous les efforts de l'industrie avaient pour objectif leur toilette, leur embellis-
sement, ils ne voyaient dans l'Exposition qu'un magasin
de costumes et ne jugent les peuples que par ce qu'ils se
mettent sur la peau

Les grandes dames se prélassaient devant les soieries de
Lyon, les dentelles de Valenciennes, les broderies et les
diamants, les soldats devant les armes perfectionnées de
la civilisation, les misérables devant les pyramides jau-

geant la quantite d'or retiree de Californie et d'Australie,
les gens infects devant les boutiques de parfumerie, les
comediens devant les masques, les enfants devant les
poupees, les fonctionnaires devant les rubans, les croix,
les decorations de tous les pays, les antiquaires devant
les medailles, les jeunes gens devant les femmes qu'ils
regardaient, et qui regardaient les robes et les falbalas.

On rencontrait les melomanes autour des pianos, les industriels autour des machines et des inventions nouvelles,
les instituteurs et les institutrices dans la galerie des arts
liberaux, les critiques et les artistes dans les salons de
sculpture, de peinture et de céramique, les anthropologistes, monogenistes et polygenistes, devant les mannequins colories figurant les divers echantillons de l'espece
humaine.

En se promenant dans la galerie des machines, l'ouvrier se compare à ces metiers sans cesse tissant de belles
etoffes pour les epaules d'autrui, ce qui ne l'empêche pas
d'etudier les procedes nouveaux de la main-d'œuvre et
les inventions qui allegeront un jour sa rude tache.

Quant à l'artiste, fort dedaigneux des produits bruts ou
des objets produits par des brutes, il cherche l'esthetique
du beau, du grotesque et du laid dans les exhibitions des
differents peuples, il fait l'anatomie comparee de leurs
sentiments, il voit comment, d'un coup de crayon, de

13

pinceau, de ciseau, ou par l'habilete de la main, l'artiste
a su animer et faire parler une figure, un torse de statue,
une robe, un tapis, traduire sur la toile, le marbre ou
l'étoffe la vie et l'idée qui palpitaient en lui

III

Presque toujours les impressions ressenties dependent
de la constitution morale des individus Par exemple, le
pessimiste, grincheux et réfléchi par nature, songe avec
tristesse a cette humanite si bien vetue, si bien logee, si
bien habillee, meublee, pommadée, paree, et qui, encore
plongée dans l'esclavage et l'abrutissement, est victime
de toutes les erreurs, de toutes les sottises sorties d'un
cerveau en delire, courbée devant les vieilles idoles religieuses et politiques, toujours enfoncee dans son ancienne
coque, contre laquelle, pendant les trente mille annees de
son existence écoulee (1), elle a donné à peine quelques
coups de bec.

Notre misanthrope voit bien le progrès industriel autour de lui, mais il cherche en vain le progrès dans les

(1) Le savant auteur de l'*Antiquité des races humaines* M Rodier, a
constaté que l ere du *Kali-Youg*, ou de l an 31,000 avant Jésus Christ
est restée célèbre chez les Indous

mœurs et dans les idées, ce soleil de l'intelligence qui n'éclaire que quelques rares groupes, que quelques familles d'esprit, laissant les masses dans l'ombre ou la pénombre.

Ce qui frappe le pessimiste, c'est le travail éternellement fécond de l'erreur, sa sape dangereuse qui creuse souterrainement en l'homme des abîmes de corruption, d'idolâtrie mesquine, de vanité ridicule, de faux points de vue, de passions insatiables, de misères morales. à mesure que la civilisation s'instruit, s'enrichit et se pare

L'erreur et la vérité, l'esclavage et la liberté, la niaiserie et l'esprit, le bien et le mal lui semblent deux lignes parallèles parcourant chacune son infini sans pouvoir se rencontrer, se heurter ni se vaincre.

Heureusement ces noires réflexions sont étouffées par le tapage infernal et les cris d'admiration de l'optimiste devant les vitrines contenant les *merveilles de la civilisa-tion !* Il n'oublie pas un colifichet , — ce ne sont que festons, ce ne sont qu'astragales ! — Il prend au collet ses voisins et les force a admirer au nom du progrès une cabane a lapins et une potiche.

À cet optimisme de Prudhomme, qui succède platement a celui de Candide, je préfère une variété du genre, celui de l'humanitaire entonnant un hosanna avec les orchestres de toutes les nations qui sont venues invoquer

Euterpe au palais du Champ-de-Mars et lui demander des
couronnes. Pour l'optimiste mélomane, l'harmonie du
cuivre et de la voix présage l'entrelacement des cœurs et
des mains, la future symphonie des États-Unis des cinq
parties du monde ! Il traduit en extases angéliques, en
synthèses fraternelles les chœurs solfiés par les chanteurs
cosmopolites dans la grande nef de l'Exposition et les
partitions sentimentales exécutées au grand concours par
tous les orchestres *militaires* Quelques chanteurs français et quelques instrumentistes prussiens et russes ont
bien un peu détonné, mais ils songeaient sans doute aux
cacophonies politiques et diplomatiques de l'Europe avec
lesquelles ils voulaient se mettre a l'unisson pour noter et
regler la grande danse macabre qui se prepare.

Pendant que rêve tendrement l'agneau, broutant par
brindilles le cytise en fleurs, le lion de Waterloo qui
flaire sa chair fraîche, rôde sournoisement autour des
parcs d'artillerie et des obusiers gigantesques. Le batail-
leur, le héros d'Homere, le terrible Ajax, l'invincible et
eternel soldat s'exalte à la vue des engins de guerre en
progrès qui ont laisse bien loin derrière eux la lance et
le boucher d'Achille aux pieds legers Pour la gent solda-
tesque, toute la civilisation est contenue dans la fabrication d'armes, est exprimee par le ressort d'un fusil a
aiguille, par la lame bien trempee, bien affilée d'un

sable, le plus beau jour de la vie de M Prudhomme ! A cette vue, le soldat se reporte avec delices aux grandes epopees nationales, a l'amour indestructible des peuples pour le terrible, le monstrueux, l'effrayant, le *brutal*, pour la sanglante tragedie ou le peuple qui joue le mieux au terrible, au general Boum, au croquemitaine, au conquerant, a le plus de succes sur le turf europeen, car les nations, comme des enfants mal eleves, ont toujours aime à se faire peur, à jouer au loup et a l'ogre entre elles.

IV

Au Champ-de-Mars, l'optimisme et le pessimisme se reproduisent egalement dans les points de vue politiques, avec des verres de toutes nuances. Le republicain, porte a voir les choses en noir, s'indigne devant cet amas de dieux et de tyrans, auxquels il applique la grossière epithete de *monstres*, que les peuples abaisses, avilis, depraves, devores par eux ont eu la simplicite de sculpter sur leurs monuments, de ciseler sur leurs bijoux, de dessiner sur leurs etoffes, et d'accoler a la toilette de leurs femmes.

La plupart des produits de l'Exposition gardant la marque de fabrique de la servitude, excitent l'humeur noire de notre Timon, qui préférerait à ces joujoux, à ces bibelots de faire l'exhibition d'un homme libre.

N'était-ce pas assez, murmure le censeur démocrate, d'avoir vu et possédé en chair et en os ces milliers de divinités, ces millions de despotes, tous ces Molochs de l'espèce humaine, tous ces fleaux des peuples, sans incarner et éterniser leur exécrable mémoire dans la pierre, le bijou, le meuble et le vetement, sans les avoir sur soi et sur ses femmes !

A ces philippiques malséantes répond le chœur des autoritaires qui, depuis le commencement du monde reçoivent de l'éternel et du temporel, des puissances divines et terrestres, la manne des croix, des places, des honneurs, des titres, la pluie d'or de Zeus et les vigoureuses caresses de Venus, les cadeaux de tous genres de ces divinités encensées par des peuples à genoux qui, en somme, ne prennent à pleines mains l'argent dans la poche des nations que pour le donner à leurs courtisans, gardant peu ou prou par eux N'est-il pas tout naturel, en dépit de la mauvaise humeur des indépendants, des libéraux, que les machinéens enrichis par des puissances occultes adorent ce qui semble être aux déshérites la personnification du Mal? Tout gît dans la couleur du veiie, la manière de voir, de poser son binocle au coin de l'œil et de se placer dans la baraque, au spectacle de la foire. S'il fallait écouter les gens mécontents et mal assis, on ne commencerait jamais les tours d'équilibre et de voltige.

V

Mais laissons la politique, toujours maussade, de côté, et vive la critique! Elle seule a peut être raison, surtout quand elle croque dans ses dessins et raille dans ses journaux tous ces visiteurs grotesques, ahuris, dépaysés, égarés dans les cinq parties du monde, qui coulent, insipides et mobiles comme des flots, à travers les canaux de l'Exposition, regardant sans voir et sans comprendre les montagnes de produits étales sous leurs yeux, se demandant avec inquiétude pourquoi les magots de la Chine et les monstres du Japon rient ou se moquent avec des gueules formidables, quand ils passent! Les gardiens les calment en leur expliquant que telles sont les habitudes des animaux de ces pays civilisés. Mais ils ont compris la plaisanterie en entendant le rire saccadé du Parisien, de l'éternel Aristophane riant de tout, du bien et du mal, qui les a crayonnés sur son terrible carnet.

Le chien aboie, mais la caravane passe, dit sagement un proverbe arabe. Les plaisanteries de la critique ne nuisent pas aux formules algébriques de l'économie politique.

Sec comme un chiffre, l'économiste déduit de l'œuvre industrielle la vraie valeur, qu'il fixe dans la façon donnée à un objet ou à un immeuble, dans le temps, la peine, le travail que cette modification de la matière première, fournie par la nature, a demandés.

D'ailleurs, l'homme-*valeur* prend en pitié tous les produits inutiles de l'humanité, toutes les non-valeurs, le temps perdu, à aimer, à écrire, à peindre, à penser, à se battre et à s'ébattre Ses conclusions ne tendent à rien moins qu'à démolir les théatres, les églises et les casernes pour bâtir des usines, des hôpitaux, des écoles et des cités, à renvoyer dos à dos le prêtre, le soldat, le lettré, l'oisif, la courtisane, comme si l'âme, à laquelle il ne croit pas d'ailleurs, ne valait pas la dépense de quelques centaines de millions du budget des cultes, comme si on pouvait prier sans église, penser sans livre, croire sans bible, aimer sans courtisane, organiser un crédit sans capital, produire sans que les rentiers consomment, jouer sans public, se marier sans femme, être libre sans gouvernement et sans souverains, enfin, comme si décemment il était permis de déranger tous les jours des citoyens occupés à mettre des brioches au four ou à écouter docilement les observations de leurs épouses pour courir à la frontière et défendre la patrie, à l'instar de 92, d'orageuse mémoire.

Autre grief plus sérieux contre ces chiffres vivants, ces industriels forcenés Manquant généralement d'esprit, les économistes estiment peu cette denrée, beaucoup d'entre eux donneraient l'*Iliade* pour un plat de lentilles, et pour un bibelot de l'Exposition les comédies de Molière Toujours disposés à sacrifier la valeur morale aux valeurs positives de l'industrialisme, et rangeant les produits de l'intelligence au nombre des non-valeurs, ils nient la propriété intellectuelle qui ne se balance pas avec les réalités, suivant leurs théories, le poète, le philosophe, le peintre et le romancier devraient servir les maçons avant de chanter, de penser, de barbouiller des toiles, de composer des symphonies, de nouer des intrigues, de chercher l'idéal ou de poursuivre l'abstrait.

Si l'économiste met toute la valeur dans le produit, l'anatomiste et l'embryologiste la fixent dans le producteur, ce qui est peut-être plus rationnel.

Au cas où vous n'eussiez pas été trop sensible, trop efféminé, trop disposé à vous croire éternel, immortel et nécessaire au monde, — car j'ai vu une grande dame s'évanouir à cet aspect,—je vous eusse conseillé de soulever

les rideaux de serge qui voilaient discrètement, a l'exposition de Bade, les objets d'embryologie comparée du docteur
Ziegler, c'était l'éloquente application du précepte de Socrate, du *Connais-toi toi-même* ' de l'antiquité.

Je vous certifie que les visiteurs et les visiteuses de
l'Exposition, fussent-ils souverains, marchands quincail-
liers, vaudevillistes, diplomates ou reines des blanchis-
seuses, n'etaient pas fiers quand ils se regardaient dans
le miroir de l'embryologiste Ziégler, quand ils apercevaient
le morceau de chair informe tachetée de petits points, la
vesicule, la bulle de savon, d'ou sont sortis leurs aristo-
craties, leurs panaches, leurs trônes, leurs grandeurs et
leurs vanites, car tous les developpements de l'être, toutes
ses vertus, toutes ses forces sont contenus dans son
germe. Or, dans le sein maternel, l'embryon subit cinq
phases a la premiere, c'est une matiere informe, le
cerveau, où se logeront plus tard le genie ou la sottise,
figure une excroissance à peine perceptible, a la seconde,
la matière s'est un peu dessince, les lineaments de la
figure humaine apparaissent, la boule de chair montre
deux plis, ceux de la bouche et des yeux, qui composent
la plus horrible grimace qu'on puisse imaginer, à ce point
que l'on a peine a croire que de ces deux plis de chair
soitent la figure majestueuse d'un Alcibiade, le visage

enchanteur d'une jolie femme, d'une Hélène ou d'une Laïs.

A la quatrième phase, le facies se devide et se profile decidement, enfin, a la cinquième, le monstre, degrossi par le travail intra-utérin, a figure humaine et semble vouloir mettre le nez à la fenêtre pour faire son entrée triomphale dans le monde, et pour commencer la nouvelle serie des innombrables phases, variations, évolutions, changements de front et contradictions qui composent son existence sensuelle, idéale, sentimentale, politique, religieuse et sociale.

VI

Telles sont les évolutions primitives par lesquelles la nature nous fait passer avant de nous lancer dans l'être, le temps et l'espace, son laboratoire est effrayant, ses geneses sont mysterieuses, ses creations et ses destructions merveilleuses, l'eternel alchimiste frappe de stupeur quand il compose ou decompose dans ses cornues, dans ses alambics toujours en activite cette liqueur si savoureuse, si coloree, qui s'appelle la vie, et a laquelle nous tenons tant, puisqu'il n'est pas d'infamies ni de croix devant lesquelles nous reculions pour la rehausser, pas

de billevesees ultrasiderables et transcendantales auxquelles nous n'ajoutions foi pour l'eterniser au dela de la
terre. . et de la puissance du germe ! Mais en dépit de ses
rêves et de ses pretentions à l'eternité de ses jouissances
et de ses bonnes positions prises ici-bas, le brillant comedien et la séduisante comedienne, apiès avoir souri ou
pâli quelques heures, rentrent dans les sombres coulisses
d'ou ils sont sortis Leur existence n'est qu'un eclair, un
moment de misère, de puissance, de beaute et d'eclat
entre les deux grimaces de la naissance et de la mort, de
l'embryon et du cadavre

Qu'importe au geologue l'homme et le comédien, ce
qu'il tient a connaitre, c'est le theâtre d'ou releve le comedien, c'est l'embryologie de la terre, a laquelle la ridicule chronologie catholique donne quatre mille ans d'existence, et qui, avant le christianisme, a vu vingt mille
années de civilisation hindoue et égyptienne, aussi
trouve-t-on le geologue petrifie devant les échantillons
mineralogiques de tous les pays, d'apiès lesquels il etablit
l'ordre de superposition des principaux terrains sur lesquels a commence a vivre le premier comédien, la première humanité-troglodyte, a l'age de la pierre.

Cet examen conduit notre savant a constater, avec une
certaine satisfaction pour lui-même et pour le prochain,
que notre globe, après avoir été produit par d'epouvan-

tables révolutions, par de terribles chaos, se trouve aujourd'hui dans un etat de repos presque parfait, — au point de vue geologique seulement, et non pas au point de vue du monde politique et religieux, au sein duquel, helas ! se font entendre et ressentir de sourds grondements et des trepidations un peu inquietantes pour l'avenir.

Ainsi, chacun voyant l'Exposition universelle de Paris par ses lunettes particulieres, etait differemment impressionne par l'eloquence des produits amonceles dans l'immense entrepôt du Champ-de-Mars, suivant ses goûts, ses aptitudes, ses conceptions, ses illusions ou ses deceptions, son temperament, ses appetits, ses inclinations et ses passions.

VII

S'il y a autant d'expositions que de spectateurs, que d'opinions politiques, que de religions, que de professions, que de races, de sexes et de classes, si chaque visiteur voit l'Exposition universelle à travers son prisme individuel, qui la verra donc telle qu'elle est en realité, qui en fera la synthese, et donnera une idee d'ensemble de cette foire generale, de ce fouillis de bibelots, de cet amas informe de marchandises? Ce sera l'homme doue d'un esprit

assez vigoureux, d'une intelligence assez exercée pour
être degage de tous les prejuges de race, de milieu, de
nationalite, de terroir, de toutes les conventions et de tous
les esclavages qui creent les points de vue étroits et
fragmentaires, ce sera le critique, le journaliste, le penseur, que nous nommerons, si vous le voulez bien,
Z Marcas, en souvenir de Balzac. Il doit a l'Exposition
universelle du Champ-de-Mars une fluxion, une courba-
ture, un certain nombre de baillements, de sensations, de
visions, de reflexions et même de cheveux blancs, — car
réfléchir, n'est-ce pas vieillir? — Mais il en a fait son
profit.

Tout d'abord, Z Marcas a ete ahuri, comme le bon
public, au milieu de ce tohu-bohu de choses et d'êtres
qui jurent de se trouver ensemble. L'industrie, avec toutes
ses filles legitimes et naturelles, a danse devant lui une
sarabande echevelee, une gigue infernale, mais il a réagi
contre cette première impression, et apres huit jours d'un
ennui mortel passes à contempler les bibelots des cinq
parties du monde, tout s'est anime a ses yeux, tout a
vecu, il a saisi la grande unite symphonique dans la
variete des manifestations et dans la combinaison des
forces. Il a subi toutes les metamorphoses, tous les ava-
tars des divinites hindoues, il a pris toutes les peaux et
toutes les formes, il a loge sa reflexion au cœur même

des objets, il s'est incarné dans la matière, dans le fer, la pierre, le bois, le coton, puis il a cru sentir les mains du travailleur eternel qui le façonnaient tantôt navire, tantot charrue, tantôt epee, tantot diamant, tantot telescope, tantôt temple et dieu. Il a entendu le dialogue des produits animes, racontant les efforts, les sueurs, les larmes, les existences depensées par les ouvriers pour les malleer et les fabriquer a l'usage de la civilisation Le fer, la pourpre, l'hermine, la soie se vantaient d'avoir cree l'aristocratie par la guerre et l'eclat du costume, malgre les protestations du hoyau ami de la paix et du champ laboure, auxquelles se joignaient celle du coton, fier de la blouse democratique, les veaux d'or, les Molochs, les idoles monstrueuses du fanatisme religieux et du servilisme politique s'enorgueillissaient de leurs innombrables legions de croyants, de croyantes et d'adorateurs, le papier s'attribuait le merite des pensees, des sentiments imprimes sur ses pages, la toile et le marbre étaient transportes d'enthousiasme en rappelant les émotions de l'artiste qui les avaient animes, le bijou, la soierie, la robe Bismark et la dentelle narraient d'un air fat les nombreuses conquetes masculines que ses patriciennes lui avaient dues, les libelots de l'Orient, genes par le voisinage inquietant de ceux de la Russie, regrettaient, comme Mignon, le ciel turquoise et le soleil eternel de leur patrie, les machines ronflaient et geignaient avec la sonorité d'une toupie d'Allemagne et d'un boulanger qui pétrit dans le silence de la nuit, le ballon donnait des nouvelles des étoiles, des couches de l'atmosphère et répétait la grande parole de Goethe « De la lumière, Seigneur, plus de lumière, » et, comme *l'Oiseau* de Michelet « Des ailes pour dévorer l espace, des ailes pour planer dans l immensité! »

VIII

Tous les produits de l'Exposition universelle, tous ces matériaux, tous ces outils recevant tout à coup la vie du génie de la création, agissaient comme les humains, construisaient aux yeux de Marcas, dans ce vaste atelier du Champ-de-Mars, l'œuvre de la civilisation, édifiant ses maisons, ses églises et ses théâtres, calfatant ses vaisseaux, fondant ses cloches et ses canons, taillant ses vêtements, en un mot, tissant sa trame et dessinant ses passions

Étonnés, indignes de se trouver confondus dans cette *great exhibition*, les siècles se levaient frémissants de leurs vitrines, animés de passions contraires, de sentiments haineux, d'idées hostiles, de points de vue opposés, ils défilaient, en se regardant d'un œil allumé par la

colère, devant Z Maïcas, avec leurs dieux et leurs démons
en tête, leurs expressions diverses, leurs esclavages et
leurs héroïsmes, leurs modes, leurs costumes si différents,
si bariolés, qu'ils figuraient un carnaval historique !

Après les temps antiques montrant leurs corps muscles
sous la tunique de lin, leur solidité plastique, la sim-
plicité de leurs mœurs, la forte trempe de leurs caractères,
leur imagination enthousiaste de la nature, leur Grece
artiste et libre, leur Rome legiste et citoyenne, venaient
les decadences du Bas-Empire avec leurs eunuques et
leurs courtisanes bientôt noyes sous les flots de barbares
cuirassés de fer et de férocité, puis le moyen age avec
ses figures pales, ses chatelaines melancoliques, ses trou-
badours rêveurs, ses moines guignant le ciel, ses nomi-
nalistes et ses realistes, ses possedes du diable et ses
visionnaires mystiques, puis les Renaissances a la robe
surchargee d'ornements, avec leurs ardeurs liberales,
philosophiques et artistiques, bientôt eteintes par la
mollesse, l'affeterie et le decouragement, enfin, les temps
modernes vêtus de noir, avec leur chaos intellectuel, leur
civilisation compliquee, leurs mensonges aimables, leur
luxe et leur misere, leurs petits grands hommes, leur
egoisme feroce double de lacheté, leurs pretentions
geantes dans des corps et des esprits de pygmees qui

paraissaient affaisses, comme le Christ portant sa croix, sous le lourd fardeau de la Liberté

C'est ainsi que se demasquaient et se denudaient devant le penseur toutes les civilisations exposées, lui montrant l'armature de leur squelette, leurs faiblesses, leurs impuissances, leurs grandes luttes avortant au sein de l'immense néant et du vaste ossuaire des temps, leurs irresistibles tendances a réaliser les folies de leur imagination, a developper leurs préjugés et leurs vices plutôt que leur cerveau et leur perfectibilité, glorifiant la guerre et l'esclavage, preferant au travail intellectuel et au travail politique les travaux serviles, a l'exercice de la liberté et de la volonte le servage du corps et de l'esprit, a l'idee creatrice, aux richesses et aux jouissances morales, l'or, le fer, l'oripeau, le chiffon, emprisonnant leur activite, leur spontaneite, leurs expansions naturelles dans des formes inferieures de gouvernement, de religion et de legislation, dans des conventions factices qui eteignent toute virtualité, tout rayonnement, toute puissance originale, roulant de siècle en siecle, comme Sisyphe son rocher, le poids de leurs erreurs et de leurs infamies, de leurs sottises, qui, capital bien place, a grossi et s'est alourdi a travers les ages sur les epaules toujours plus debiles du civilise !

Z. Harcas, comme s'il se fut trouve devant un de ces

dioramas mecaniques qui présentent tour a tour au
spectateur les tableaux et les scènes de l'univers, decouvrait les genèses de toutes les époques, les entrailles
de la terre et les entrailles de l'humanité, les gouffres
aux brillantes surfaces des civilisations. Il suivait avec
interêt le jeu des muscles, des sensations, des passions
des mortels qui se déshabillaient devant lui, semblables
a un comedien vêtu d'une douzaine de costumes super-
poses, et les ôtant un à un jusqu'à ce qu'il reste nu comme
la main. Il aurait pu compter les nations grotesques et
les nations sérieuses, les peuples a genoux et les peuples
debout, les métamorphoses multiples des generations
aplaties sous le pied pesant de la tyrannie ou se relevant
avec colere, celles-ci soumises aux pouvoirs temporel et
spirituel, a l'autorite royale, feodale, papale, clericale,
dominicale, conjugale, capitale, celles-la demandant aux
inspirations de leur conscience une heure d'independance
et de revolte contre l'ecrasante tradition du joug secu-
laire.

Z Marcas voyait la hutte, la cabane et le château que
l'homme a habites, l'erreur qu'il a accueillie, les poisons
qu'il a ingurgites, la liberté, le progres, la verité et la
beauté qu'il a dedaignes, les deguisements et les masques
qu'il a portes, la femme qu'il a abaissée et qui l'a avili,
les types hideux qu'il a divinises, les monstres qu'il a

couronnés, les croyances, les religions, les illusions, les férocités, les formes politiques et sociales, toutes les peaux de serpent dont il s'est depouille.

Le penseur penetrait par des portes monumentales dans la vaste manufacture des crimes et des vertus, des ustensiles et des sentiments de la civilisation , il assistait a la fabrication de ses types masculins et féminins a la fonte de ses heros et de ses grands criminels, de ses stoiciens et de ses epicuriens, de ses royalistes et de ses républicains, de ses liberaux et de ses despotes, de ses bons et de ses mechants, de ses souverains et de ses serfs, de ses pauvres et de ses riches, de ses savants et de ses ignorants, de ses gouvernements, de ses morales et de ses systèmes d'education, bref de toutes ses matières de toutes ses causes de joie et de tristesse, de grandeur et d'abaissement

IX

Entraine par le tourbillon des siècles en marche et le fourmillement des produits de l'Exposition, Z Marcas entre dans le dynamisme universel, dans la ronde des esprits et de la matière en mouvement. En quelques minutes, il devore la vie de soixante siècles , de l'Hymalaya

aux Champs-Elysees de Paris, il ne fait qu'une enjambée,
il passe comme un eclair de la civilisation grecque à la
barbarie catholique du moyen âge et a la vie raffinee du
XVIII° siècle. Marcas ressent les emotions de ce jeune
sultan des *Mille et une nuits* qui, en plongeant sa tête dans
l'eau d'un bassin, s'imagina avoir vecu cent ans et se
releva avec des cheveux blancs!

Protee changeant de sexe et de nature, de position, de
sentiment et de manieres de voir, Marcas eprouve successivement tous les enthousiasmes et tous les decouragem-
ments, tous les remords et toutes les satisfactions, toutes
les illusions et toutes les deceptions qui ont agite l'âme
humaine Tour à tour il est tout et rien, idole et idolâtre,
Dieu, saint et jesuite, croyant et athee, boudhiste, musul-
man, catholique, protestant, moine et philosophe, pape
et fidele, Voltaire et Nonotte, croyant et sceptique, libre
penseur et ligueur, vertueux et vicieux, heroique et pol-
tron, magistrat et criminel, gendarme et voleur, chiffon-
nier et pair de France, vainqueur et vaincu, sainte et
courtisane, séduit et seducteur, Eve et serpent, Ariane et
Bacchus, Samson et Dalila, Herodiade et Marie, Judas et
Jesus, Tartuffe et Alceste, don Juan et Haydee. guillotineur
et guillotine, fusilleur et fusille, souverain et esclave,
maitre et serviteur, intelligent et idiot, fleuve et rivage,
sable et oasis, tigre devorant et gazelle timide, acteur et

spectateur Il se bat pour son pays, defend les droits du peuple; puis il vend, pour quelques rouleaux d'or, droits et pays, il se traîne a plat ventre devant le roi de Siam, puis il le guillotine apres avoir pris son palais, il passe comme une navette du pouvoir a l'opposition et de l'opposition au pouvoir, il brûle ce qu'il a adoré, il brise comme un enfant en colere les jouets, les femmes, les divinites, les saintetes, les croyances qui l'ont passionne, il se sent grand, fort et fier sous le gouvernement de liberte, petit, creve, déjeté, exploite sous les regimes despotiques, il mange comme Gargantua, aime comme frère Jean des Entomeures, se bat comme Gengis-Khan pour quelques mottes de terre, fauche comme epis en moisson ses adversaires sur le champ de bataille, puis il se prend a pleurer en Madeleine a l'aspect des milliers d'ennemis couches côte a côte, qui, les têtes rapprochees, les jambes croisees, les corps mitrailles et abattus par lignes superposées, ont l'air de s'embrasser, de se parler a l'oreille et de se demander — ce qu'ils n'ont jamais su de leur vivant — pourquoi si simples, si inconscients, si peu reflechis, ils se sont egorges sans raison sérieuse au premier signe de leurs chefs ?

X

Ayant ressenti les terreurs, les ivresses, les extases, les douleurs, les hontes, les ravissements de mille generations, Marcas blase avait pris en dégoût ce travail d'ecureuil, cette toile de Penelope de la civilisation sans cesse tissee et defaite, ce méchant eternellement triomphant et cet honnête homme eternellement dupe, ce progrès et cette liberte qui retombent dans la barbarie et le despotisme, ce serpent qui se mord la queue, ce cercle eternel de Vico, lorsqu'un de ces bons gouvernements de l'Europe qui n'acceptent que l'argent des impots, les eloges, les votes favorables, et dont il avait médit a tort dans une feuille politique, le transporta a toute vapeur au milieu des tribus sauvages de l'Amerique Il devint Indien, cuivré, tatoue, grand chasseur et grand chef adorant le grand Esprit de la nature, les obligations de son culte et du gouvernement de sa tribu se reduisaient a abattre les chenes pour construire des cabanes, a chasser quelque bison et à pecher quelque poisson pour la nourriture quotidienne, enfin, les mœurs de ces gens primitifs, dociles aux impulsions de la nature, l'obligeaient à se promener en pirogue avec sa belle Indienne sur les eaux rapides des

rivieres coulant au pied de forêts vierges Dans ce paradis terrestre on entendait chanter des milliers d'oiseaux
au plumage eclatant, les fleurs surchargeaient l'atmosphère de senteurs penetrantes , les rayons solaires étaient
réfléchis dans l'eau, après avoir ete tamisés par la fron-
daison des bois , les lianes s'inclinaient sur la pirogue, et
Z. Marcas, oubliant toute civilisation, toute contrainte,
avait laisse retomber sa pagaie et se penchait sur son
Indienne sauvage et nue . lorsqu'il se reveilla. Il regarda
autour de lui , il chercha en vain les vitrines de l'Exposition universelle de Paris , il se vit dans sa chambre du
boulevard des Capucines. Jamais il ne s'etait rendu au
Champs-de-Mars, mais à force de songer à la visite
redoutee qu'il devait y faire, et qu'il remettait toujours, il
en avait eu le cauchemar, le reve, la vision synthetique

Plus favorise du ciel que ces millions de visiteurs,
venus de tous les points de la France et du globe, et
n'ayant rapporte du Champ-de-Mars, pour la plupart,
qu'une impression confuse et des fatigues sans profit,
Z. Marcas avait de son lit passe en revue toute l'Exposition universelle de Paris en 1867 Il avait tout vu et tout
compris, car tout voir et tout comprendre, c'est tout etre
en esprit !

LE CHEMIN DE LA FORTUNE

14

LE CHEMIN DE LA FORTUNE

I

En 1821, le jour même ou la France venait d'apprendre
la mort de Napoléon, un de ses vieux soldats s'éteignait
obscurement au fond d'une petite province. C'était un de
ces hommes qui passent inaperçus en faisant tout simplement des choses sublimes, qui, après avoir reçu deux ou
trois blessures en 93, trois ou quatre sous l'Empire, re-
viennent tranquillement exercer leur metier de cordonnier
ou de tonnelier dans une petite bourgade. Personne ne

parle d'eux, et pour une bonne raison, c'est qu'ils ne parlent de personne Toute leur vie, c'est l'action.

Apres avoir traversé dans sa longueur le bourg de Saint-Aubin (ce qui ne demande pas beaucoup de temps), nous arrivons, a l'extremite du chemin, devant une maisonnette, la derniere du bourg. Nous entrons dans la salle du rez-de-chaussee, et nous regardons autour de nous

La salle offre a l'œil un carré long.

Au premier plan, une grande huche, au-dessus une fournee de dix-neuf pains enfiles dans un bâton, a notre droite une croisée devant laquelle sont entassés des souliers et tout ce qu'il faut pour en confectionner. A notre gauche, une cheminee : au-dessus pendent le portrait en pied de Napoléon, une croix d'honneur et un bonnet de police aussi vieux que son maître. Plus haut, un fusil repose sur des crochets en fer, à la suite de la cheminee s'etend un grand lit sur lequel retombent des rideaux de serge verte entr'ouverts en ce moment.

Voila le décor Arrivons aux acteurs.

Le père Bernard est couche dans son lit. Hum ! visage qui s'éteint, vieille moustache qui tombe... En face de lui sont places, — chacun sur sa chaise, — Joseph et Jacques, garçons de vingt a vingt-deux ans

Le visage de Joseph ne reflete aucun sentiment. Jacques, au contraire, suit avec anxiété les progrès de la mort, qui promène déjà ses ombres sur le visage du vieillard

— Mon père, dit Jacques, voulez-vous une potion ?

— Non, Jacques C'est fini, je sens le frisson de la mort...

Puis le vieux soldat essaya de se soulever sur le coude, mouvement qu'il opéra avec l'aide de Jacques

— Mes enfants, reprit-il, vous serez mes confesseurs. Avant de vous quitter, je veux, devant vous, passer en revue les actions de ma vie comme faisait autrefois l'Empereur après la bataille Écoutez-moi donc avec attention, toi surtout, Joseph, qui rêves je ne sais pas quelles grandeurs et quelles richesses chimériques ..

« L'homme qui est arrivé au terme de sa route en connaît les ornières et les fondrières. Le chemin fait, on est assez bon juge du pas dont il faut le parcourir.

« Vous le savez, mes enfants, à peine avais-je fini mon apprentissage de cordonnier, que la Convention, déclarant la guerre a l'Europe, appela tous les citoyens aux armes. La patrie était en danger ! On nous vit courir aux frontières, les pieds nus, la faim au ventre, et nous emportâmes les redoutes de Jemmapes en chantant la *Marseillaise*. Je me suis toujours rappelé avec bonheur cette première victoire qui me décida a continuer la carrière militaire

Je fis presque toutes les campagnes de la République avec
Marceau, Hoche, Carnot. Deux blessures furent ma récom-
pense. Dans ce temps-là, ça nous suffisait. Vint Bonaparte,
que je connus a Toulon, que je suivis en Italie et en
Egypte, ou je fus nommé sergent et décoré de sa main.
L'an VIII, j'épousai votre mère, une brave et digne femme
que je perdis cinq ans apres mon mariage Vous savez le
reste, mes enfants Après avoir rossé l'Europe pendant
quinze ans, nous fûmes balayés en 1814, puis massacrés
en 1815 a Waterloo Je revins alors a Paris avec quelques
debris de l'armée Paris avait capitulé.

« C'est a ce moment que j'éprouvai l'émotion la plus
terrible que j'aie ressentie Tandis que l'aristocratie et la
bourgeoisie parisiennes donnaient des fêtes aux Anglais et
aux Prussiens, et que les grandes dames se prostituaient
a l'etranger, dont les mains etaient encore teintes du sang
français, nous qui revenions, la plupart blesses, tous ha-
rasses, affamés, nous fumes reçus comme des brigands
C'etait a qui nous fermerait sa porte Nous fumes licen-
cies, et nous nous dispersâmes au dela de la Loire Aussitôt
que Louis XVIII fut réinstallé sur son trône, les royalistes
organiserent partout le massacre des bonapartistes.

« Voyant que tout était fini, que la France n'avait plus
besoin de moi, je me retirai dans ce bourg, et je me remis a
faire des souliers comme en 93 Avec le produit de mon

travail, j'ai vecu, je vous ai élevés, et, grâce au petit
heiitage de mon pauvre frere, je vous laisse une somme
qui vous permettra de prendre femme... deux mille
fiancs en billets de banque que vous trouverez dans mon
vieux portefeuille. »

Joseph fit un mouvement sur sa chaise. Son visage se
colora d'une ardeur subite. Il jeta un coup d'œil furtif
du côte du cabinet ou se trouvait le portefeuille.

Jacques prit la main débile de son père et l'arrosa de
larmes.

— Voilà mon histoire, mes enfants, reprit le vieux
iepublicain. Qu'elle vous serve d'enseignement. Malgre
toutes les horieurs de la guerre et tous les malheurs, j'ai
vecu tranquille et je meurs tranquille, parce que j'ai
tiouvé mon bonheur dans l'accomplissement de mes devoirs. Au milieu des ambitions de toutes sortes qui sur-
gnent autour de moi, je n'en eus qu'une, celle de vivie
en honnête homme N'ayez jamais que cette ambition-la,
mes enfants, elle est la plus rare et la seule legitime Si la
patrie vous appelle, pienez le fusil comme les volontaires
de 93, quand elle n'aura plus besoin de vos services,
revenez faire des souliers, et surtout vivez en honnêtes
gens C'est ce que vous demande en mourant votre vieux
pere .

« Et maintenant, mes enfants, ajouta le vieillard d'une voix qui s'affaiblissait graduellement, — votre main dans la mienne. »

Jacques se jeta au pied du lit, mais Joseph n'obeit pas à la prière du vieux soldat . sans doute parce qu'il n'entendit pas ses paroles. Il etait sous la puissance d'une hallucination. Son esprit, operant une foule de metamorphoses, multipliait prodigieusement les mille francs de l'heritage paternel. Il possedait des millions .. Ses vêtements rustiques etaient remplaces par un habillement superbe, sa cabane par un palais... Il etait riche. ⌐ Oh ⌐ l'or le fascinait, l'enivrait .. l'or ruisselait autour de lui Il y plongeait deja ses mains.   lorsque le râle de son vieux père agonisant le reveilla en sursaut de ce songe ambitieux.

— C'est fini .. — dit Jacques, la voix pleine de sanglots

— Tant mieux ! murmura sourdement Joseph .

II

Jacques passa la nuit auprès du cadavre du vieux soldat Le lendemain matin, il suivit le corbillard au cimetière. Joseph, pretextant une indisposition subite, resta

a la maison. Aussitôt que son frère se fut éloigné, il s'é-
cria :

— Enfin . j'en suis débarrasse... je suis libre . ! je n'en-
tendrai plus ces mots ridicules de vertu et de devoir
retentir à mes oreilles fatiguées . je suis enfin délivre
pour toujours des sermons de mon père et de mon frère, .
car j'y suis bien décide, je ne resterai pas plus longtemps
dans cette cabane.. Que vais-je faire ? . mille francs...
mille francs .. mais pourquoi pas deux mille ? . Cet
argent n'appartient pas à Jacques. . Lui, d'ailleurs, fera
des souliers toute sa vie . il n'est bon qu'a cela. . Et avec
deux mille francs, moi, je m'enrichirais . à Paris. . oui,
j'irais à Paris .. je ferais peut-être ma fortune ! Pourquoi
hesiter ? mon avenir en depend. Jacques ne sera pas
revenu du cimetière avant deux heures . Allons !

En proie a la fièvre d'ambition qui le devorait, Joseph
entra dans le cabinet de son père Il ouvrit une petite
commode, ou il trouva deux billets de banque contenus
dans un portefeuille Il s'en empara convulsivement et
sortit du cabinet.

— Maintenant, soyons prompt . Je puis monter en
diligence à Chalonnes, et dans deux heures je serai sur
la route de Paris !...

Ce disant, il prit un petit paquet de hardes, un bâton,
et s'élança vers la porte.

Mais il heurta la petite Louise, enfant de seize ans, sans famille, elevée par charité a Saint-Aubin Le matin, lorsqu'elle passait devant les maisons du bourg, les habitants l'appelaient du nom familier de la petite Louise, qu'elle avait conservé malgré son âge, et lui donnaient un morceau de pain ou quelque autre subsistance

Elle n'était pas d'une beauté remarquable Ses traits accentues, brunis par le soleil, ses cheveux et ses grands yeux noirs lui composaient une physionomie un peu rude pour une femme, mais elle avait cette belle expression mélancolique et pensive que le malheur empreint sur le visage de ceux qui ont souffert.

En apercevant la jeune fille, Joseph dit brusquement.

— Que veux-tu, Louise? Que viens-tu faire ici?

— T'apporter une triste nouvelle, repondit la pauvre fille On connait nos relations. Mon état de grossesse m'a trahie. . A present, c'est a qui me jettera la pierre On me reproche le pain qu'on m'a donne . On m'appelle libertine, ingrate M le curé m'a fait venir chez lui et m'a dit que j'etais un objet de scandale, que je ne pouvais rester plus longtemps a Saint-Aubin. Abandonnee de tout le monde, que vais-je devenir? Plus de travail, plus de secours, plus de ressources Joseph, sauve-moi... sauve-moi !..

— Oui. . je trouverai un moyen... répliqua vivement

Joseph... mais dans ce moment... impossible. il faut que je sorte... une affaire pressee . a Chalonnes.

— Oh! ce n'est pas vrai !... — s'écria Louise, l'esprit éclairé d'une idee soudaine, — ce n'est pas vrai .. Cet empressement à me fuir... ce paquet de hardes .. Joseph, tu t'en vas de Saint-Aubin... Oh! mais pas sans moi, n'est-ce pas... pas sans moi!... Je me souviens... tu m'avais parlé d'aller à Paris .. Je te suivrai partout... oui, partout ..

— Eh bien, oui, je vais à Paris. — Je suis las de vivre dans la misère et l'obscurite... mais il est impossible que tu me suives... on s'apercevrait de notre depart. Sois raisonnable. je t'ecrirai, et aussitot que j'aurai de l'argent, je te ferai venir...

Par un mouvement brusque, Louise ferma la porte entr'ouverte, et, se retournant résolue vers Joseph, elle lui dit d'une voix bieve .

— Tu ne partiras pas sans moi !

— Je ne puis t'emmener, te dis-je.

Louise se jeta aux pieds de Joseph, et, s'enlaçant a ses jambes, lui dit en entrecoupant ses paroles de sanglots .

— Oh ! tu auras pitie de moi. Je vais être mère... Je te suivrai . je serai ta domestique... ce que tu voudras , mais, au nom du ciel, ne m'abandonne pas !...

— Laisse-moi passer ! . s'ecria Joseph d'une voix vibrante en cherchant à se degager des etteintes de Louise

— Non . non. sanglota la pauvre fille . tu ne partiras pas sans moi

— Malheur à toi !.. s'ecria Joseph furieux en levant son bâton au-dessus de la tête de la jeune fille.

— Tue-moi si tu veux !.. — dit Louise desespérée. — Mieux vaut être morte que maudite de tout le monde !

— Arrière ! .

Et Joseph, n'ecoutant plus que sa colere et son aveugle ambition, assena un coup de son bâton sur la tête de la malheureuse enfant, qui jeta un cri et tomba evanouie, baignee dans son sang Puis il ouvrit la porte et s'enfuit precipitamment dans la direction de la route de Chalonnes

Une heure apres, Jacques rentrait Il heurta du pied le corps inanime de Louise

Il la souleva aussitot dans ses bras et la porta sur le lit.

Louise reprit ses sens.

— Parti ! murmura-t-elle Joseph .. parti ..

Par un mouvement instinctif, Jacques se dirigea vers le cabinet de son pere.

Il le trouva en desordre.

Le portefeuille était ouvert sur la commode

Il chercha, sans les trouver, les billets de banque

— Le misérable ! s'écria-t-il, il les a volés ! .. O mon père, ajouta-t-il le cœur brisé, tu as bien fait de mourir .. Vieux soldat de l'honneur, tu n'as pas été témoin du déshonneur de ta famille !

Jacques revint vers la blessée. Il prit sa tête dans ses mains et écarta ses cheveux souillés de sang Le coup heureusement avait glissé sur l'os du crâne, la blessure n'était pas dangereuse.

— Que s'est-il donc passé ? demanda Jacques.

— Ah ! je me rappelle, dit Louise.. J'ai été frappée... Joseph s'est enfui a Paris... Oh ! je suis perdue, s'écriat-elle en sanglotant.

— Non, répondit Jacques d'une voix brève. Que personne ne sache ce que Joseph a fait Le frere réparera les fautes du frère. Louise, tout le monde vous abandonne aujourd'hui, mais ne vous desesperez pas. Vous êtes ici chez vous. Vous serez ma sœur, et votre enfant sera le mien.

Dans l'effusion de sa joie et de sa reconnaissance, la pauvre fille prit les mains de Jacques entre les siennes et les arrosa de ses larmes.

Jacques eut un mouvement de satisfaction inexprimable. Ses yeux tombèrent en ce moment sur la croix d'honneur du vieux soldat, appendue a la cheminée.

— Tu avais raison, mon père, — murmura-t-il en pres-

15

sant la main de Louise, et les yeux fixes sur la croix
d'honneur du vieux republicain, — le bonheur se trouve
dans le devoir accompli

III

Joseph Bernard, une fois arrive à Paris, ne perdit pas
son temps a visiter les curiosites de la capitale. Il avait
en tête une idee fixe : accroître son pecule de deux mille
francs , et il la mit bientôt a exécution.

En quête de tous les moyens de gagner de l'argent,
flairant partout les traces du gibier, il apprit un jour à la
Bourse qu'un certain Delamare avait fait fortune en prê-
tant à la petite semaine

Son projet fut aussitôt arrête que conçu.

Il loua près de la halle, dans la rue Saint-Denis, au fond
d'une cour, un rez-de-chaussée compose de deux pièces,
qu'il paya seulement 150 francs par an, grâce à l'obscurite
qui regnait continuellement dans cette demeure. car elle
ne recevait le jour que par une lucarne.

L'obscurite ne l'effrayait pas. Bien au contraire, elle
était propice au commerce qu'il voulait entreprendre.

Bernard meubla modestement ses deux chambres. Dans

la première, il plaça un bureau d'occasion et trois ou quatre chaises communes, — le tout acheté a l'hôtel Bullion, dans la seconde, il mit seulement un pot a beurre et un lit de sangle avec matelas et couvertures, — réservant l'espace qui lui restait pour ses futurs depôts.

Ces dépenses faites, y compris son voyage, il lui restait encore 1,500 francs. On voit qu'il n'avait pas été prodigue.

Dès qu'il fut installé dans sa nouvelle demeure, il se fit connaître comme prêteur à la petite semaine.

Il y a à Paris une foule de petits commerçants qui sont les tributaires des usuriers a la petite semaine. Les femmes de la halle, les marchands d'habits, les revendeuses a la toilette et autres commerçants de pacotille sont obligés d'avoir ce qu'ils appellent un fonds de roulement. Lorsque cette avance, ce fonds de roulement leur manque, ils s'en vont l'oreille basse chez l'usurier, qui les étrille, car il ne leur prête pas à moins de 30, 40 et 50 pour 100 pour un mois, une semaine, un jour, et quelquefois une heure ! Il est très-peu de personnes, même à Paris, qui connaissent une chose malheureusement trop vraie, le prêt d'argent a l'heure, des usuriers à l'heure... comme les fiacres.

Joseph Bernard eut bientôt sa clientèle de petits commerçants. Chaque matin ils faisaient pour ainsi dire queue a sa porte Il fallait qu'ils eussent grand besoin d'emprunter, car l'usurier était assez dur dans ses conditions Jamais il ne donnait son argent sans garantie, il ne prêtait que sur gages. Lorsque les malheureux marchands ne pouvaient pas lui remettre a temps son capital avec les interêts, qui doublaient quelquefois la somme par semaine, ils perdaient leur nantissement, qui valait deux ou trois fois la somme reçue en espèces. Si bien qu'au bout de six mois d'exercice, Joseph Bernard eut sa seconde pièce pleine de toutes sortes d'objets acquis de la sorte

— Eh !. . eh !... je suis meuble, a present ! disait-il en rentrant le soir dans sa chambre et en contemplant avec une joie égoiste ce qu'il avait arrache à la misère des petits commerçants.

Mais laissons Joseph Bernard continuer son commerce d'usure, et revenons à Saint-Aubin

Aucun événement n'est survenu depuis notre absence, si ce n'est l'accouchement de Louise, qui a mis au monde une petite fille.

Jacques a tenu sa parole. Il a eu pour Louise les mêmes égards et les mêmes affections que pour une sœur. Il l'a recueillie, nourrie et soignée dans sa maladie. Malheureusement, les habitants de Saint-Aubin n'ont pas eu l'indulgence du fils aîné du vieux soldat. Ils n'ont pas pardonné

a la petite Louise, ni oublié sa faute. Ils s'en rappelaient,
et ils la lui rappelaient trop souvent.

Chaque soir, la pauvre jeune fille rentrait pâle et agitée,
le visage sillonné par les traces de larmes récentes. Aux
questions de Jacques, elle ne répondait que par des réti-
cences et des phrases entrecoupées. Cependant, à force de
l'interroger, Jacques apprit bientôt que ses larmes et sa
tristesse avaient pour cause les outrages grossiers qu'elle
recevait quotidiennement des habitants de Saint-Aubin.
Jacques prit alors une résolution extrême, que lui dicta
son cœur généreux. Malgré la douleur qu'il éprouvait à
la pensée de quitter la cabane où il avait vu mourir son
vieux père, il dit à Louise de se préparer a partir pour
Paris. Elle protesta, mais Jacques n'écouta ni ses protestations, ni ses prières. Il savait bien que la pauvre fille
n'aurait pas résisté trois mois a cette vie d'humiliation...

Le grand voyage fut entrepris. Louise emmena son
enfant avec elle.

Pendant ce temps-là, le pécule de Joseph Bernard gros-
sissait toujours. Notre usurier avait ajouté d'autres cordes
a son arc. Il gagnait considérablement à endosser des billets et à les faire passer dans le commerce. Encore un
petit métier qui n'est pas très-connu, quoique assez
avantageux. En outre, il prêtait de plus grandes sommes·
par an, il avait un gain double et triple. Tant et si bien

qu'en moins de deux ans de ce *travail*, — en revendant, bien entendu, à un bénéfice immense les dépôts que des malheureux avaient été forcés de lui abandonner, — Joseph Bernard avait acquis — ou volé, — comme vous l'entendiez, — une somme ronde de dix mille francs

En possession de ce tresor, il tenta un grand coup Un homme vint le trouver, qui avait besoin precisement de dix mille francs pour completer l'achat d'une ferme et de terres, de la valeur de trente mille francs, situées près de la Ferté-sous-Jouarre, à trois heues de Meaux. C'etait la ferme des Boteaux. Joseph consentit a lui donner cette somme, à la condition d'un remere, — c'est-à-dire que si l'emprunteur ne lui avait pas remis l'argent prête avec les intérêts, six mois après, au jour dit, a l'heure dite, la ferme des Boteaux appartiendrait en toute propriete a Joseph Bernard.

Oh ! notre usurier connaissait à fond son droit. Il savait par cœur son Code. On peut en juger par ce remere, — arme homicide, mais légale, qu'il avait exhibee de l'arsenal des lois.

L'emprunteur signa le reméré.

Six mois s'écoulèrent. Le jour du remboursement était arrivé.

Joseph Bernard attendait avec une impatience fébrile le coucher du soleil, moment ou, faute du remboursement, il devenait légitime possesseur, moyennant dix mille francs, d'une propriété qui en valait plus de trente mille.

Dans son obscur réduit, au milieu d'une atmosphère putride, le coude appuyé sur son bureau, l'usurier regardait avec anxiété un mauvais coucou qui rendait un son rauque à chaque mouvement du balancier. Son cœur bondissait dans sa poitrine, son pouls battait trois pulsations à la seconde. Il avait la fièvre. . la fièvre du gain !...

— Encore deux heures ! murmura-t-il entre ses dents. Oh ! s'il ne venait pas !

A ce moment, on frappa à la porte du rez-de-chaussée.

— Malheur ! s'écria Joseph. C'est lui... Il me rapporte mon argent. Je suis volé !..

Et il alla ouvrir, mais sa physionomie sombre s'éclaircit aussitôt qu'il eut envisagé le nouveau venu... Ce n'était pas le fermier.

— Que puis-je pour votre service ? dit-il au visiteur en lui présentant une chaise.

— Monsieur, — fit celui-ci en s'asseyant, — vous plairait-il de m'écouter un instant?

— Volontiers. — Cela me fera prendre le temps en patience, dit en *aparté* Joseph.

— Monsieur Brunet, reprit le visiteur, j'aurais besoin de trois cents francs. Mais avant que vous me les prêtiez, je veux que vous sachiez qui je suis.

— Je vous écoute.

— Il y a un an, monsieur, que j'habite cette ville En arrivant à Paris avec une femme et un enfant, je me mis en devoir de chercher de l'ouvrage dans mon metier de cordonnier. Malheureusement, je n'en trouvai pas. Sur ces entrefaites, je rencontrai un homme qui me proposa de me prêter de l'argent si je consentais a prendre une petite boutique de chaussures. J'eus la faiblesse d'accepter cet argent, prêté à un taux exorbitant. Du reste, au bout de six mois de travail, je l'avais rembourse. Mais ce ne fut pas sans contracter d'autres engagements que je me trouve aujourd'hui dans l'impossibilite de satisfaire si vous ne venez a mon secours, attendu que l'homme qui m'avait avance les premiers fonds n'habite plus Paris Demain, j'ai un billet de trois cents francs a payer, et je n'ai pas une obole. Ayez confiance en moi. Fixez vous-même le taux de l'interêt, et je vous jure qu'avant un mois vous en serez rembourse integralement.

A mesure que le nouveau client parlait, les souvenirs revenaient plus lucides a l'esprit de Joseph, qui s'ecria en se levant de son tabouret et en ôtant sa casquette de poil de loutre ·

— Je suis donc bien change, Jacques, que tu ne reconnais pas ton frère ?

Jacques (car c'etait lui) jeta une exclamation de surprise. Il ne pouvait croire que cet homme fût son frère, tant sa physionomie avait subi de changement

Joseph était presque chauve, ses yeux avaient le luisant et l'éblouissant de l'or, sa carnation était devenue jaune et claire comme la lumière d'une bougie rose.

— Toi ! usurier !... s'écria Jacques, à peine revenu de son étonnement.

— Il paraît que les usuriers sont bons à quelque chose, répliqua ironiquement Joseph Bernard, puisque tu viens les trouver.

— Tu as bien fait de ne pas prendre le nom de notre père pour exercer ce honteux trafic, dit Jacques à son frère avec un ton d'amertume. Je t'en remercie.

— Ah ! exclama Joseph en ricanant, j'étais étonné que tu n'aies pas encore commence ton rôle de censeur ! Allons, je le vois, le temps ne t'a pas change.

— Non, Joseph, je ne tiens pas à te censurer, ce n'est pas le moment. Ta conscience...

A ce mot, un sourire d'incredulité ironique épanouit le visage de l'usurier.

— Ta conscience, reprit Jacques avec force, doit t'avoir dit des verités plus dures que celles que je pourrais te dire. Voler son frère, la depouille d'un mort, tenter d'assassiner une pauvre jeune fille qu'on a seduite et abandonnée, sont des crimes qui ne s'effacent pas de la mé-

moire. Tu n'as pas oublie non plus, je pense, que je t'ai
sauvé la vie : je n'avais qu'un mot a dire pour te peidie
J'ai souffert et je me suis tu. Maintenant il s'agit de pré-
server le nom de notre famille de toute fletrissure. Prête-
moi ces trois cents francs, et, je te le jure, tu les auras
avant peu.

— D'abord, dit tranquillement Joseph, je ne prête pas
sur parole ; je ne prête que sur gages. . Mais qui t'empêche de faire faillite ?

— L'honneur ! répondit Jacques d'une voix brève.

— Toujours les grands mots en avant ! Mon pauvie
Jacques, tu n'es pas de ton siècle, tu aurais dû naître au
temps des Spartiates Retiens bien ceci pour ta gouveine.
être riche, c'est le seul but à atteindie aujouid'hui. Quand
on l'est, on a toutes les vertus par-dessus le maiche...
A propos, tu ignores donc la maniere de faire sa fortune
dans le commerce?... Il faut que je te mette au courant.
Écoute-moi On organise adioitement et gentiment sa
faillite, on donne quinze ou vingt pour cent a ses ciean-
ciers, qui sont enchantes... et l'on se ietie avec le ieste
Voyons, veux-tu que je prenne en main tes affaies, que
j'oiganise ta faillite ?

— Je souffre a t'entendre, dit Jacques. Me piêteras-tu
cet argent, oui ou non?

— Tu ne me le rendrais pas. Tu consideierais cela

comme une restitution de ton héritage Non, vraiment
non, cela m'est impossible Je gagne péniblement ma vie,
à la sueur de mon front.. Encore une fois, arrange ta faillite ?

— Assez ! s'écria Jacques, indigné de tant de cynisme.
Joseph, il ne bat rien dans ta poitrine .. L'usure t'a
rongé le cœur. Mais, au nom du ciel, n'oublie pas que tu
appartiens à une honnête famille. Je t'en supplie, les
larmes aux yeux, ne traîne pas le nom de notre père à la
barre des tribunaux. Arrête-toi, s'il en est temps encore.
La route que tu suis, Joseph, mène à Toulon.

— Et celle que tu suis, toi, — répliqua l'usurier impassible et sec, — mène à l'hôpital !...

Jacques jeta un regard de souveraine pitié sur cet être
dégradé, fit deux pas vers la porte, se retourna encore
pour s'assurer que c'était bien là le frère avec lequel il
avait passé son enfance, — comme il arrive, au cimetière,
quand on jette un dernier regard sur la terre qui contient
la dépouille d'un mort jadis aimé, — puis il sortit.

— La journée s'enraye mal, murmura Joseph. Finira-
t-elle bien ? Encore dix minutes à attendre, ajouta-t-il en
regardant le coucou

A peine avait-il achevé de prononcer ces paroles que le
fermier entrait, accompagné de deux petits enfants.

— Que m'apportez-vous là ? dit Joseph en désignant les
enfants.

— Hélas ! monsieur Brunet, fit le fermier d'une voix chevrotante d'émotion, je ne vous apporte rien... Il m'a été impossible de réaliser cet argent aujourd'hui .. mais demain vous l'aurez, comptez dessus

— Demain il ne sera plus temps, répondit Joseph.

— Comment ! exclama le fermier abasourdi.

— Vous avez encore trois minutes pour me payer, reprit Joseph en montrant du doigt le coucou au fermier. A six heures, la ferme des Boteaux ne vous appartiendra plus Vous le savez d'ailleurs aussi bien que moi, puisque vous avez signé le rémeré.

— Mais j'espérais que vous attendriez un jour .. Oh ! vous attendiez, n'est-ce pas ? .. Vous ne voudriez pas me réduire, moi et ma famille, à la mendicité, au désespoir. La ferme, grâce aux travaux que j'y ai faits, vaut à cette heure quarante mille francs .. Et tout serait perdu pour moi . Oh ! monsieur, je vous en supplie...

Et le fermier s'agenouilla devant l'usurier en pleurant

Les deux petits enfants, voyant la douleur de leur père, éclatèrent en sanglots, avec un air de supplication qui aurait attendri tout autre homme qu'un usurier.

— A quoi bon ces scènes ridicules ? dit froidement Joseph Bernard. En affaires, c'est le oui ou le non Il était parfaitement inutile de m'amener ces marmots pour m'attendrir.

— Monsieur... par grâce !... supplia le fermier les mains jointes. Jusqu'à demain attendez jusqu'à demain ! J'ai une femme qui vient d'accoucher, un petit enfant avec ces deux-là .. Oh ! vous ne me chasserez pas de la ferme ! .. Jusqu'à demain, n'est-ce pas ? vous aurez votre argent.

A cet instant, le coucou rendit un son rauque, puis six heures sonnèrent.

— Vous l'entendez, dit sèchement Joseph au malheureux fermier. Le soleil est couché .. Il est trop tard .. Vous n'êtes plus propriétaire des Boteaux.

— Ah ! vous voulez donc que je me tue ! s'écria le fermier en se relevant.

— Faites ce qu'il vous plaira, répondit l'usurier ; cela vous regarde

Fou de désespoir, le fermier s'enfuit en courant.

Joseph Bernard mit à la porte ses deux enfants, qu'il avait oubliés dans son désespoir.

Les pauvres petits coururent dans la rue tout en pleurant et en appelant leur père par des cris déchirants.

L'usurier rentra chez lui, ferma hermétiquement sa porte et s'écria, — dans l'explosion d'une joie infernale :

— Enfin... je suis propriétaire .. A moi la ferme des Boteaux ! J'ai cinquante mille francs... Maintenant, il me faut une femme de cent mille écus !

IV

Joseph Bernard avait compris que l'usure était un bon
chemin pour aboutir a la fortune, il l'avait pris, et il s'en
trouvait bien. En homme habile, il sentit également que
la richesse était le seul moyen de contracter un bon mariage. Sachant, en principe, que la femme n'est pas une
âme, mais un corps a l'enchere, puisqu'elle ne se gouverne pas elle-même et qu'elle est le jouet et l'esclave de
ceux qui l'entourent, l'usurier ne se mit pas en peine,
comme les amoureux ordinaires, d'enflammer le cœur
d'une belle en débitant de plats mensonges, ornes de
pompeuses fleurs de rhétorique. Pour la famille, il suivit
la même ligne que pour la propriete il se rendit a la
Bourse

Joseph Bernard chercha dans les coulisses de la Bourse
un beau-père avantageux. Il ne tarda pas à mettre la
main sur un vieux Cresus qui s'etait enrichi dans le commerce des vidanges. Joseph sut en faire son compagnon
inséparable, en lui enseignant une bonne recette pour
jouer à la hausse et a la baisse. Un jour, dans un moment
d'epanchement intime, Joseph lui confia qu'il avait l'in-
tention de se marier

— J'ai votre affaire ! s'écria Thibaudot (c'était le nom de l'ancien vidangeur).

Là-dessus, il prit Joseph par le bras et le conduisit chez lui. Lorsqu'ils entrèrent dans le salon, une fraîche et jeune fille accourut au-devant d'eux en sautillant comme une fauvette.

Elle salua gracieusement Joseph et se pendit au cou de son père en s'écriant :

— Comme tu as tardé aujourd'hui, père, j'étais inquiète...

— Eh bien ! qu'en dites-vous ? fit M. Thibaudot en interrogeant l'usurier du regard et en lui désignant du geste la jeune fille.

— C'est entendu, répondit celui-ci. Affaire conclue.

Après le départ de Joseph, M. Thibaudot dit a sa fille d'un air triomphant

— Hein ? .. Comment trouves-tu ce monsieur-la ?

— Je ne l'ai pas remarqué, répondit la jeune fille.

— C'est fâcheux... car c'est ton futur mari.

— Mon mari ! . répéta machinalement Lucile en ouvrant de grands yeux d'étonnement.

— Oui, ton mari ! Je l'ai connu a la Bourse... Ah ! c'est un homme qui s'entend aux affaires, va ! Prépare-toi... Dans huit jours, nous signerons ton contrat.

Lucile resta muette de stupéfaction

Elle n'avait pas rêve un mari taille sur ce patron-la

C'etait une jeune fille nourrie au physique de gâteaux et de confitures, et au moral de romans à la mode. Lucile avait rêvé un Arthur frise, pommade, gants beurre frais, qui fut venu lui dire, — avec de grands gestes et d'une voix foudroyante :

— Lucile, je vous aime... je vous aime, Lucile... Dites un mot, et je me jette, sous vos yeux, dans ce precipice !...

On voit que le réel ne répondait pas du tout à son ideal

C'est pourquoi elle dit à son père, en faisant une petite moue charmante :

— Tu plaisantes, pere, ce n'est pas sérieux.,.

— Très-sérieux.

— Je ne le connais pas, je ne l'aime pas, ce monsieur. Qu'est-il ?

— C'est un capitaliste, un homme d'affaires, répondit d'un ton emphatique M. Thibaudot

— Justement, je ne peux pas les souffrir ! répliqua vivement Lucile de mauvaise humeur.

— Ta... ta . ta ! .. te voila avec tes folles idees, tes rêvasseries que tu trouves dans les romans, dit M. Thibaudot, en feuilletant un in-octavo sur le gueridon. Mais a present, il ne s'agit plus de fantaisie. ni de caprices . il s'agit d'un mari, de quelque chose de positif.

Étant jeune, ta mère te ressemblait... Elle ne voulait pas de moi .. le commerce de vidanges l'offusquait... et cependant elle s'est trouvée très-heureuse en ménage. . Prends donc le mari que je te donne, sans faire la mutine.

— Mon petit père' je t'en prie... fit la jeune fille en caressant M. Thibaudot.

— Non, mademoiselle, repondit celui-ci... Je veux que vous soyez la femme de M. Joseph Bernard, et vous la serez.

Il fallut bien que Lucile obeit. Seulement, elle fit cette petite restriction mentale, très-commune aux jeunes filles forcees dans leurs inclinations ·

— C'est bien... ça ne m'empêchera pas d'avoir mon Arthur!

De la comédie, passons au drame.

Qu'est devenu Jacques Bernard ?

Comment est-il sorti de sa position critique ?

En homme d'honneur. Loin de suivre les perfides conseils de son frère, il s'est retire de sa boutique, mais il a payé la moitie de ce qu'il devait à ses creanciers, et il leur a souscrit des billets a courte echéance pour le reste.

Ces billets, il est parvenu à les solder en travaillant jour et nuit, et en mangeant du pain sec Son honneur est sauf, mais le travail forcé a mis son fer rouge sur lui

Ce n'est plus le robuste paysan à la mine fraîche et rubiconde que nous voyons devant nous, c'est l'ouvrier parisien au corps maigre et nerveux, au visage livide, aux yeux caves.

Il ne respire plus le bon air fortifiant de la campagne.

Il demeure au cinquième étage, dans une vieille maison malsaine et à peine aérée

Au moment où nous le retrouvons, il touche au dernier degré du malheur. Depuis un mois, malgré ses recherches, il manque d'ouvrage Louise travaille sans relâche à confectionner des chemises ; mais, obligée de donner ses soins à son enfant, elle ne gagne que dix sous par jour.

Tous les deux, ils vont devenir la proie d'une horrible misère. En retard de deux termes, ils ont reçu congé, par huissier, de leur propriétaire. Mais comment loueraient-ils un autre logement ? on leur retient leurs meubles. . Un garni ? mais ils n'ont pas d'argent.

Le jour du terme est arrivé

Tout à coup un bruit frappe leurs oreilles. Ils entendent monter l'escalier. C'est le propriétaire, sans doute.

Ils sont désespérés.

Deux personnes entrent aussitôt, le propriétaire et un

marchand qui vient acheter les dépouilles de Louise et de Jacques.

— Combien me donnez-vous de tout cela ? dit le propriétaire en désignant les divers objets contenus dans la chambre

— Hum ! ça ne vaut pas grand'chose, répliqua le marchand

— D'abord, remarquez ce qu'il y a, reprend le propriétaire Un lit de sangle, un bois de lit...

— Rongés par les vers, ajoute le marchand dont le rôle est de déprécier tout ce que le propriétaire estime.

Louise et Jacques souffraient horriblement d'assister à ce dépouillement du peu qu'ils possèdent.

— Un berceau, reprend le propriétaire.

— Raccommodé, ajoute le marchand

— Une table...

— Crasseuse et usée, ajoute toujours le marchand.

— Une commode...

— En méchant bois blanc.

— Un paravent ..

— Sale et déchiré

— De la vaisselle..

— Ébréchée... cassée.

— Du linge...

— Des guenilles

— Enfin, combien estimez-vous le tout ?

— Bien payé, ça vaut vingt francs.

— Vingt-cinq francs, oui ou non.

— Ç'est trop cher.

— Pas a moins.,.

— Allons... j'accepte, dit le marchand en mettant cinq pièces de cent sous sur la table.

— Je perds encore vingt-cinq francs sur eux... fit le propriétaire en prenant l'argent et en jetant un regard de haine sur Jacques et Louise. — Enlevez-moi ça de suite... ajouta-t-il en s'adressant au marchand.

Le marchand, aidé d'un autre homme, se mit en devoir de démeubler la chambre. Il secoua rudement le berceau où était couché l'enfant de Louise.

— Monsieur, dit la pauvre mère en éclatant en sanglots, laissez-moi au moins le berceau de mon enfant...

— Ça entre dans le marche, répondit rudement le propriétaire, ça ne me regarde plus. Arrangez-vous avec monsieur

— Allons... dit le marchand a la malheureuse mere, enlevez votre *môme* tout de suite, ou je le jette par terre.

Louise, eplorée, prit sa petite fille dans ses bras. Elle voulut s'asseoir sur une chaise ; mais le marchand la lui retira aussitôt et l'emporta.

La chambre était vide.

Jacques se tenait immobile et pensif a la croisée. Louise s'était assise sur le carreau, dans un coin, et berçait son enfant en sanglotant

—Eh bien, vous autres, fit le propriétaire, vous ne partez donc pas ?

— Où voulez-vous que nous allions ? dit Jacques d'un air sombre.

— Où vous voudrez... Allons .. Partez ! .

Et ce disant, le propriétaire chassa Jacques et Louise devant lui, après quoi il ferma la porte a clef.

Accablée par tant d'outrages, effrayée de tant de misère, Louise n'avait plus ni force morale, ni force physique. Elle descendit marche à marche les etages, en s'appuyant sur Jacques Arrivée à la porte de la maison, elle faillit tomber en défaillance au spectacle qui s'offrit a elle.

Leur mobilier, leur vaisselle et jusqu'à leur linge étaient etales devant la porte, dans la longueur du trottoir.

Jacques alla emprunter un tabouret et l'apporta à Louise, qui n'eut que le temps de s'asseoir pour ne pas succomber à ses violentes émotions.

Mais elle devait boire goutte à goutte et jusqu'à la lie la coupe de la misère.

A côté d'elle, les passants marchandaient à haute

voix son dé, ses ciseaux, sa petite croix de cou, les choses auxquelles elle tenait le plus, les objets qu'elle avait touchés et possédés depuis son enfance, et qui faisaient en quelque sorte partie de son existence.

Tout cela était manié, retourné, sali, déprécié par les passants.

Louise ressentait une douleur telle qu'elle croyait qu'on la dépouillait elle-même de ses vêtements, qu'on la marchandait et qu'on l'offrait à l'avidité et à la curiosité de la foule.

C'était un supplice digne de l'enfer.

— Combien ce berceau? criait une femme.

— Vingt sous, repondait le marchand.

— Non, dix sous.

— Douze sous au juste, reprenait le marchand.

— Combien ces chemises d'enfant? criait une autre femme.

— Cinq sous pièce.

— C'est trop cher, trois sous pièce, si vous voulez. J'en prendrai quatre.

— Allons, emportez.

Et ainsi du reste.

La vente du berceau, des chemises, ramenait naturellement la pensée de la pauvre mère a sa petite fille Nouvelle douleur. Que deviendrait-elle ? Mourrait-elle de misère avec elle ?

— Oh ! non, Dieu ne le permettra pas, disait Louise en sanglotant et en serrant convulsivement dans ses bras son enfant qu'elle baignait de larmes

Tels étaient les phénomènes psychologiques qui agitaient l'âme de Louise. Quant à Jacques, placé à côté d'elle, le dos appuyé aux barreaux de la boutique du marchand de vin, il n'éprouvait pas la même douleur

L'homme, dans sa lutte contre le malheur, souffre moins que la femme ; mais, en revanche, sa pensée distille une amertume mortelle, tandis que l'excès du sentiment, chez la femme, annihile complètement l'action de l'esprit.

Il s'opérait en Jacques quelque chose comme une révolution morale. Jusque-là, il n'avait jamais pensé à cet être collectif qu'on nomme *société*, et qu'il est assez difficile de bien comprendre De ce jour et de cet instant seulement il y réfléchit.

Le cordonnier ne regardait pas la vente, il regardait les passants.

Tantôt passait devant lui une grande dame surchargée de dentelles et de bijoux, à la démarche altière, au visage enivré d'un bonheur orgueilleux...

Et Louise n'avait pas d'asile !

Tantôt c'était un capitaliste à l'abdomen monstrueux, le cure-dent a la bouche, suant la vie et la santé.

Et Jacques n'avait pas de pain !

A ce moment, Jacques vit venir vers lui un fringant équipage. A la portière de la voiture pendait un bras nu de femme, dont le poignet était orné d'un bracelet Lorsque les chevaux passèrent devant Jacques, il vit le bracelet se detacher du bras de la femme et rouler sous les rebords du trottoir.

Personne autre que Jacques n'avait été témoin de cet accident.

Le cordonnier alla ramasser le bracelet, qu'il tint caché dans sa main fermée.

Alors il fut livré à une tentation inouie, formidable.

Devait-il garder ce bijou ?

S'il avait eté seul à souffrir, il n'aurait pas hésité Mais Louise, qu'allait-elle devenir ? Pouvait-elle passer la nuit sur le pavé avec son enfant ?

C'était une situation horrible.

La misère disait à Jacques : — Prends ! prends !... Une

autre voix, celle de l'honneur, répondait comme un écho :

— Rends! rends !...

De cruels doutes torturaient l'esprit de Jacques.

Le bracelet lui brûlait la main comme un fer rouge. Sa poitrine était violemment agitée.

Il posa sa main gauche sur son cœur pour en contenir les battements. Il toucha alors la croix d'honneur de son père, qu'il portait toujours sur lui...

Jacques n'hésita plus. Les nuages qui avaient obscurci sa pensée se dissipèrent aussitôt Il se ressouvint des dernières paroles du vieux soldat républicain ·

« Sois honnête homme ! »

— Oui, mon père, murmura-t-il, je t'obéirai... jusqu'à mourir de faim, s'il le faut !

Ce combat intérieur s'était passé en un clin d'œil.

L'équipage s'était arrêté deux maisons plus haut que l'endroit où se tenait Jacques.

La jeune mariée (car c'était Lucile Thibaudot elle-même qui revenait de l'église avec son père et son mari), la jeune mariée avait remarqué la disparition de son bracelet, qu'on cherchait vainement dans la voiture.

—Ah! mon Dieu ! s'écriait-elle désespérée sur le trottoir, il est perdu ! Un si joli bracelet !

— Le voici, mademoiselle, dit Jacques en lui donnant le bijou.

16

A cet instant, M. Thibaudot et Joseph Bernard, las de chercher, descendaient de la voiture.

Jacques, stupéfie, fit deux pas en arrière en reconnaissant son frère.

Le père et la fille entrèrent dans leur maison.

Joseph, faisant mine de tirer de l'argent de la poche de son gilet, s'avança vers Jacques.

— Eh bien ! dit ironiquement l'usurier à l'oreille de son frère, crois-tu encore que la route que je suis mène à Toulon ! Vois cet équipage, ces richesses, et juge !

Jacques prit d'une main la main de son frère, et lui désignant de l'autre l'endroit où était Louise :

— Vois à ton tour... lui dit-il, vois cette femme en pleurs, sans asile et sans pain, exposée aux railleries des passants... Cette femme est celle que tu as séduite et abandonnée !... Vois cet enfant, voué au malheur... c'est le tien !... Vois ces misérables meubles, ces haillons à l'enchère... ce sont les nôtres !... Courage donc ! Puisque tu as tant de succès, marche audacieusement dans la voie du crime ! j'aime mieux mon agonie que ton triomphe ! Continue ta route au milieu des plaisirs et des richesses, Moi, je continuerai la mienne à travers la misère et les larmes !...

Quoique ému par cette apostrophe et cet accent d'honnête homme, Joseph Bernard affecta un grand calme,

pirouetta sur ses talons et alla rejoindre son beau-père et
sa femme qui, en son absence, avaient déjà ouvert le bal
et la fête.

Jacques revint vers Louise

— Que s'est-il donc passé entre vous et ces personnes?
lui demanda-t-elle

Jacques lui raconta seulement la perte et la reddition
du bracelet.

— Ah! c'est bien, Jacques! lui dit-elle avec une expression de céleste amour que nous n'essayerons pas de dépeindre.

— Louise, dit le cordonnier, attendez-moi ici. Prenez
patience Je vais trouver un ami qui, sans doute, consen-
tira à nous loger cette nuit.

— Adieu, mon ami, lui dit Louise avec tristesse en lui
pressant fortement la main, comme si elle le voyait pour
la dernière fois.

Jacques s'en alla

Lorsqu'il fut parti, le désespoir s'empara de la pauvre
mère. Jacques l'avait soutenue de son courage et lui avait
donné la force de supporter les quolibets des passants.
Mais quand il ne fut plus là, les noires pensées fondirent
sur elle.

La joyeuse musique de la fête de Joseph Bernard retentissait à ses oreilles comme un rire infernal.

La danse était passionnée, le bal éblouissant de lumières !

En face d'elle, Louise voyait passer des femmes enivrées de plaisir au bras de leurs courtisans. Elles tourbillonnaient devant ses yeux.

De son enfer, la pauvre fille assistait au spectacle de ces folles ivresses, de ces joies paradisiaques.

Oh ! c'était un spectacle inouï.

Elle avait le cœur glacé, douleur toute particulière qu'apporte avec elle la misère.

Tout a coup Louise vit paraître sur le balcon son amant, Joseph Bernard, a côte de la nouvelle mariee, Lucile Thibaudot.

Ce tableau acheva la pauvre femme.

Elle se refugia chez la portière, écrivit à la hâte quelques mots pour remettre à Jacques, puis s'enfuit de la maison avec son enfant, en courant par les rues comme une folle. Elle s'était arrêtee à une résolution terrible.

Elle monta la rue Saint-Jacques, et mit sa petite fille à l'hospice des Enfants-Trouvés.

Un quart d'heure après, on entendait retentir sur les quais les cris de . — Au secours ! au secours ! une femme se noie ! au secours !...

La foule devenait compacte et criait, mais personne n'osait se devouer.

A cet instant, Jacques Bernard passait sur le quai. Il se fit designer l'endroit de la rivière où s'était jetée la femme, et se précipita resolûment dans la Seine.

Deux minutes s'écoulèrent.

Tout le monde était dans une anxiété impossible à décrire.

Enfin, Jacques reparut sur l'eau, tenant d'une main le corps d'une femme et nageant de l'autre, puis il aborda la rive.

Pendant qu'on le felicitait de son courage, Jacques palpait le cœur de la pauvre femme.

Son dévouement avait été inutile.

Elle était morte !

Tout à coup Jacques jeta un cri dechirant qui effraya les assistants.

Le cadavre qu'il tenait dans ses bras était celui de Louise !...

Chacun fit alors ses commentaires, comme il arrive en pareille occasion.

— Belle fille... histoire d'amour ! dit ironiquement un dandy dans la foule.

— Vous mentez ! s'ecria Jacques d'une voix eclatante, en sortant de la lethargie morale dans laquelle ce lugubre evenement l'avait plonge. Vous mentez ! c'est la misère qui a tué cette femme !...

Des officiers de paix emportèrent le corps de Louise, qui alla essuyer les dalles humides et froides de la Morgue.

Jacques ne leur opposa aucune résistance. Une autre idée lui avait traversé le cerveau.

— Son enfant, qu'est-il devenu ? se demanda-t-il. Je dois veiller sur lui

Jacques courut d'un trait à la maison qu'il avait habitée.

Le portier lui remit une petite lettre

Il la décacheta

Voici ce qu'elle contenait

« Jacques, assez longtemps vous vous êtes sacrifié pour moi et pour mon pauvre enfant Pardonnez-moi Lorsque vous lirez cette lettre, ma fille sera aux Enfants-Trouvés, et je serai morte.

« Mais avant de mourir, il faut que je jouisse de mon dernier bonheur

« Je t'aime, Jacques, non pas comme une sœur, mais comme une femme ! . Adieu

« LOUISE »

Après la lecture de cette lettre, Jacques sortit désespéré de la maison

A ce moment, l'usurier Joseph Bernard entrait dans le

boudoir de sa nouvelle épouse, en se frottant les mains et
en murmurant :

— Une belle fortune... une jolie femme.. A present, des
honneurs et des dignités !...

VI

De 1825 à 1830, Joseph Bernard poursuivit, sur une
grande échelle, l'accroissement de sa fortune. Nul mieux
que lui, par de fausses nouvelles, par d'habiles manœu-
vres, ne savait produire à la Bourse la hausse et la baisse.
En agiotant de la sorte, il se fit une fortune considé-
rable.

Sur ces entrefaites, la révolution de juillet arriva.

Charles X fut chassé par le peuple Au roi du clergé
succéda le roi de la bourgeoisie. C'était bien, comme on
le pense, l'affaire de Joseph Bernard, dont la haute réputation de financier (car il était devenu presque l'égal de
Rothschild) arriva aux oreilles de Louis-Philippe.

Le roi de la bourgeoisie, desirant contracter un em-
prunt, le fit appeler dans son cabinet. On s'entendit parfaitement. Joseph se conduisit en politique habile et en
ruse courtisan. Tout en discutant les conditions de l'em-

prunt, il protesta de son dévouement à la dynastie de Louis-Philippe, et il sollicita l'insigne honneur de contribuer à l'œuvre glorieuse de son règne. Le roi lui répondit par un sourire de bon augure et le congédia avec force amabilités et politesses.

Peu de temps après cette entrevue, le garde des sceaux de S. M. Louis-Philippe entérinait les lettres de noblesse du comte Joseph de Castelnare, conférées à Joseph Bernard, qui fut presque aussitôt promu à la dignité insigne de pair de France.

Notre usurier était au comble de ses vœux. Ces titres de noble et de pair de France étaient comme un manteau d'or jeté sur sa naissance obscure et sur ses crimes. Le cordonnier était complétement effacé.

Au milieu de son triomphe, une seule chose le troublait et l'inquiétait, c'était son intérieur.

Sa femme, Lucile Thibaudot, qu'il avait épousée contre son gré, le détestait et le méprisait. C'était un affreux supplice pour elle d'entrer dans le lit de son mari. Aussi en prenait-elle largement sa revanche.

Son fils Raoul était corrompu jusqu'à la moelle des os. Son bonheur consistait à courir les lorettes et les maisons de jeu. Ses passions, qu'il ne pouvait satisfaire qu'en dissipant beaucoup d'argent, amenaient incessamment d'orageuses discussions entre son père et lui. Du reste, il se moquait ouvertement, de Joseph Bernard, étant toujours sûr de trouver dans sa mère un avocat de ses vices, qu'elle appelait des fantaisies de jeune homme.

Le nouveau comte de Castelnare, qui de son côté entretenait des maîtresses, n'osait pas être trop sévère pour les amants de sa femme et les dettes de jeu de son fils. Comme à ses reproches on répondait sans cesse par des récriminations, il finit par se taire et fermer les yeux.

Un jour, au sortir de la Chambre, le pair de France rencontra dans le Luxembourg une jeune fille qui, d'une voix émue, lui demanda la charité.

Joseph regarda cette fille : il fut frappé de sa beauté et de sa fraîcheur.

Pendant qu'il l'observait, la malheureuse réitéra sa demande.

Joseph lui dit alors :

— Vous m'intéressez, mon enfant. Tenez, voici quelque monnaie, en attendant mieux ; car je veux vous retirer de cette position misérable. Soyez chez moi dans une heure, rue de Grenelle-Saint-Germain, n° 2. Vous vous adresserez a madame la baronne de Merinet.

La jeune fille remercia avec effusion son bienfaiteur et disparut sous les arbres du Luxembourg.

Joseph Bernard se rendit chez la baronne de Merinet.

Un mot sur cette baronne. Voyons ce que ce grand nom

cache, et ce que cette magnifique habitation recèle.

Ne jugeons jamais une lettre par son enveloppe satinée ou parfumée. Décachetons-la et lisons-la. Nous saurons alors ce qu'elle vaut.

La baronne de Mérinet possédait une des plus belles et des plus vastes habitations de la rue de Grenelle-Saint-Germain. Cette maison était le rendez-vous des pairs de France, des députés, des conseillers à la Cour de cassation, des banquiers, des grandes dames ; en un mot, c'était l'affluent de toute l'aristocratie du faubourg Saint-Germain. Madame la baronne de Mérinet tenait sa maison ouverte aux mariages de la main gauche, c est-à-dire que les maris y amenaient leurs maîtresses et les femmes mariées leurs amants. Tout s'y passait en secret. Maris et femmes s'en donnaient a cœur joie, moyennant cent francs par visite, car madame la baronne se faisait dignement payer son vaste hôtel... et sa discrétion à toute épreuve.

Il existe à Paris un assez grand nombre de maisons dans le genre de celle que nous venons de décrire, destinées à recevoir, à cacher les concubines des maris, et les favoris des femmes mariées.

La baronne de Mérinet (née Potard) avait débuté à Paris par tirer les cartes à dix sous le jeu, dans une échoppe. C'est a ce moment-là que l'usurier Joseph Bernard, à cette heure pair de France, l'avait connue. Douée d'un esprit perspicace, la Potard avait compris qu'il y avait moyen de faire sa fortune a Paris en spéculant sur le vice Elle s'etait mise à l'œuvre, et l'expérience avait ratifié ses presomptions. La tireuse de cartes et l'usurier occupaient les positions les plus eminentes dans la societe. Digne recompense de leurs efforts !

Le pair de France mit cinq louis dans la main de la baronne, lui annonça la visite d'une jeune femme et se retira dans le salon.

A peine avait-il disparu, que la jeune fille annoncée se présentait. Elle s'avança toute tremblante au-devant de la baronne, qui lui dit d'une voix mielleuse :

— Entrez dans ce salon, mon enfant, vous y trouverez M. le comte de Castelnare.

— Comment vous nommez-vous? lui demanda Joseph.

— Louise, répondit-elle.

Ce nom le frappa.

— Avez-vous votre père ?

— Je ne l'ai jamais connu.

— Où avez-vous eté elevee ?

— Aux Enfants-Trouves.

— Vous n'avez pas connu votre mère?

— Non, monsieur... je n'ai d'elle que ce portrait.

Alors, Louise tira de son sein un petit medaillon.

Après avoir jeté un coup d'œil sur ce médaillon, Joseph Bernard ne put étouffer un cri d'horreur...

C'était le portrait de Louise, son ancienne maîtresse de Saint-Aubin...

Il avait été sur le point de deshonorer sa fille !

Joseph sortit en chancelant du salon. Dans la pièce d'entrée, il trouva sa femme. Les deux époux se saluèrent poliment, et Joseph se retira. En traversant la cour, il se croisa avec son fils Raoul, qui lui dit d'un air narquois·

— Il paraît que nous nous étions donne rendez-vous !

Mais le pair de France ne repondit pas a Raoul. Il s'enfuit en grommelant entre ses dents·

— Oh ! ma maison est maudite !...

VII

Pendant que Joseph Bernard, arrivé aux faîte des honneurs, menait cette conduite infâme, son frère Jacques continuait sa vie de rudes labeurs et de miseres Il travaillait toute la journee et consacrait ses veilles a l'etude, qui apportait un adoucissement a ses maux.

L'année 1847 venait de s'ecouler Cette année, comme on le sait, avait été feconde en enseignement. Les classes officielles avaient révélé leur profonde corruption par une suite non interrompue de scandales.

C'était une orgie effrayante, un immense festin de Balthazar !

Le gouvernement était à l'encan . privilèges de theatres, concessions de mines, de chemins de fer, titres de pairs de France, de députés, tout se marchandait, tout s'achetait comme dans un bazar.

Des ministres étaient traînés à la barre des tribunaux pour s'être approprie ce qui appartenait a l'Etat. Des deputés et des generaux étaient condamnés pour avoir impudemment volé leurs actionnaires; des ambassadeurs se coupaient la gorge par ambition déçue, d'autres devenaient fous, des pairs de France etaient pris en flagrant délit d'adultère, d'autres égorgeaient leurs femmes pour vivre à leur aise avec leurs concubines La justice de Dieu éclatait partout comme un coup de tonnerre, et foudroyait les repus et les satisfaits du regne de Louis-Philippe.

La tempête populaire se dechaîna le 24 février. Jacques se souvint qu'il etait le fils d'un vieux républicain , il prit une part active a la lutte, et fut tue sur une barricade de la rue Saint-Louis.

La revolution de février commença le declin de la fortune politique et commerciale de Joseph Bernard La

17

plupart des maisons de banque qu'il soutenait de ses fonds s'écroulèrent. Il perdit la moitié de son avoir. Ce coup fut terrible pour l'usurier : sa fortune, c'était son âme.

A la suite des émotions violentes que la révolution lui apporta, Joseph Bernard tomba gravement malade. Il jugea prudent de faire son testament, par lequel il concéda la moitié de sa fortune à son fils, et l'autre moitié à sa femme.

Les menaces de la maladie ne se réalisèrent pas. Joseph fut hors de danger.

A ce sujet, il y eut pendant la nuit un conseil de famille, auquel assistaient Lucile Thibaudot, son fils Raoul et le médecin de Joseph, amant de sa femme.

Voici ce qui se passa dans cette séance nocturne :

— Docteur, dit Lucile, êtes-vous sûr qu'il en revienne ?

— Parfaitement sûr, madame, répondit le docteur, si on laisse agir la nature.

— La médecine pourrait-elle *en finir*, docteur ?

— La médecine a toujours ce pouvoir-là, madame

— Il faut frapper un grand coup ! dit Raoul.

— Ne vaudrait-il pas mieux attendre ? observa Lucile

— Attendre, dit Raoul impatienté, c'est impossible. S'il en réchappe, il vivra plus longtemps que nous. Et nous ne jouirons pas de sa fortune, car il est plus avare que jamais. D'ailleurs, vous le savez, il me faut dix mille francs que j'ai perdus la nuit dernière au jeu. N'hésitons donc pas. Voyons, docteur, consentez-vous à nous servir ?

— À quelle condition ? demanda le médecin.

— Au tiers de la fortune, dit Lucile.

— J'y consens .. Mais, la plus grande prudence !

Le lendemain matin, une potion calmante, préparée par les soins du médecin et présentée par la gracieuse Lucile, envoya Joseph Bernard rejoindre son père qu'il avait volé, et son frère qu'il avait assassiné !

On lui fit un pompeux enterrement.

Les trois coupables se croyaient sûrs de l'impunité. Ils comptaient jouir des dépouilles du mort avec une entière sécurité.

Qui aurait pu soupçonner ce crime ?

Ils ne se doutaient pas que la fille de service, étonnée de les voir se réunir tous les trois, la nuit, dans une chambre, avait été aux écoutes et avait entendu quelques mots qui suffirent pour éveiller ses soupçons.

Cette servante était allée exprimer ses doutes et ses craintes au commissaire de police du quartier, qui fit déterrer le cadavre de Joseph Bernard

Des chimistes appelés sur les lieux, après avoir analysé le cadavre, déclarèrent qu'il y avait eu empoisonnement.

Immédiatement, le commissaire lança un mandat d'arrêt contre les trois assassins.

Un ami de Raoul vint le prévenir que la rumeur publique l'accusait d'avoir empoisonné son père, de concert avec sa mère et un médecin.

Raoul monta dans sa chambre et redescendit bientôt, armé d'un pistolet et d'un poignard

Il alla trouver sa mère au salon.

Elle était avec le docteur

— Vous savez ce qui se passe ? leur dit-il

— Quoi donc ? demandèrent-ils avec anxiete,

— Nous sommes perdus!... On vient nous arrêter

— Mon Dieu! s'écria Lucile à demi-morte de frayeur.

— Sauvons-nous ! fit le médecin.

— Oui .. oui... murmura Lucile en prenant le bras de celui-ci.

— Ma mère restera ici, dit résolûment Raoul en arrêtant Lucile Sauvez-vous si bon vous semble Quant a nous, c'est ici que nous finirons, et non devant les tribunaux

— Vous êtes fou, Raoul !

— Vous êtes lâche, monsieur !

— Adieu !

Le médecin sortit du salon. Mais il rencontra sur les escaliers des agents de police qui le saisirent au collet

Pendant ce temps, il se livrait une lutte horrible dans le salon qu'il venait de quitter.

Lucile se traînait aux pieds de son fils, et le suppliait de ne pas la tuer.

— Aie pitié de moi ! s'écria-t-elle en larmes. Cela fait tant de mal de mourir !

— Une minute, voila tout ! répondit Raoul.

A ce moment, il entendit les pas des agents de police sur le palier Lorsque le commissaire entra dans le salon, Il recula d'horreur devant les cadavres sanglants de Raoul et de sa mere.

Justice etait faite !

FIN

TABLE DES MATIÈRES.

Paris Imp PAUL DUPONT 45, rue de Grenelle Saint Honoré

EN VENTE A LA LIBRAIRIE E. DENTU

Paris — Imp. PAUL DUPONT, 41, rue J.-J.-Rousseau (Hôtel des Fermes).